收集露水的人

顾彼曦 著

国文出版社
· 北京 ·

序言：

一个脚下有路、笔下有根、心中有爱的诗人

马萧萧

我喜欢读顾彼曦的诗。

顾彼曦所在的甘肃，是名副其实的诗歌大省。这个长达 1600 多公里、拥有八千年文明遗存的省份，处于黄土高原、青藏高原、内蒙古高原的交会地带，拥有除海洋之外的世界各种地形地貌、深厚沉雄的历史文化积淀、多姿多彩的民族风情，曾经是边塞诗的主产地，而今又是新诗人的大舞台。在这块相对偏远、贫瘠的土地上，甘肃诗人们开掘着艺术的富矿，丰富并拓展了西部诗的内涵与外延。顾彼曦，便是其中一名引人注目的新秀。

与甘肃的黄土高原、冰山雪峰、大漠戈壁、高寒草原不同的是，顾彼曦生活和工作的陇南，属于长江水系，兼有南秀北雄，是甘肃的一个例外。而顾彼曦无论做人还是写诗，亦有"例外"之貌。无论是感知"亲情的乐章""柔软的部分"，还是弹唱"命运的奏曲"，抑或抚摸"时间的褶皱"，以及聆听"乡愁的回音"，他都打造了陇南乃至甘肃诗坛一个朴实而真诚、清新而脱俗、低调而深邃的诗人形象和诗歌范本。

顾彼曦是"一个热爱生活也爱收集露水的人"。当

今诗坛，平台五花八门，诗会隔三岔五，奖项多如牛毛，理论层出不穷，热闹的表象之下，诗人的自身修为和诗歌的艺术本质，大有"水土流失"之兆。普天之下，安安静静写作的诗人作家已越来越少。只有宁静、只有沉静，才能让诗人进入"气功"状态，激发出"特异功能"。顾彼曦为人低调，生活务实，工作勤奋，且多有善举，但一些名利场合、喧嚣场所，却很少见到他的身影。他的笔下，不堆砌辞藻，不故弄玄虚，鲜有海阔天空、云里雾里的"形而上"抒写，写的全是自己熟悉的事物、生活的感悟：故乡的风貌、亲人的悲欢、劳动者和底层者的命运……总之大多是"村庄里的牛羊，房檐下的燕窝／儿时追的电影、山歌、样板戏／寻常人家的炊烟"。虽然已步入城郭，但他"深知故乡从未走远／想起二十岁的时候，喝点小酒／坐在老家瓦房顶上／不开心的事／像一场又一场雨水／落得满院子奔跑"。虽然耳聪目明，但他"不停地用火柴棒掏耳朵／他想掏出声音／掏出一个可以号啕大哭的理由"。当今网络时代、城市化进程中，人类对外宇宙与内宇宙的认知在不断扩展，文学的地域特征似乎正在逐渐消弱。越是在这种日新月异的大背景下，地域性、标记、故乡、乡愁这些词汇中所蕴含的地理文化、历史文化、民族文化，就越值得打捞、开掘。它们既如难以磨灭的胎记，又如日积月累的皱纹和出血点，更是诗意之旅中难能可贵的充电器与发动机，对于"留住乡愁"，有着不可替代的生发力。顾彼曦立足现实，情系乡土，思而悲悯，无疑是一个脚下有路、笔下有根、心中有爱的诗人。如此说来，顾彼曦收集生活的露水，同时也是在收集情愫的露水，抛洒着生命的汗水、泪水。

诗人写诗，既可救人，更在救己。作为诗人，最能触觉到个体生命的悲凉与温暖。这种悲凉与温暖，源于诗人对生存的自觉意识。诗，总是在孤独和自省中展现着诗人的情感深度和思想力度。顾彼曦从未淡忘"我的父亲／当年大雨中背着我奔跑的时候"，也一直铭记着"母亲的心愿，挺简单的／说大不大，说小也不小／说大了就是找到一点活干／赚点钱把贷的款还清了，若有余钱／给小儿子买箱酸奶，补补大脑参加高考／再给大儿子存点，将来娶媳妇用／说小了，就是住在二十五块钱的旅社里／自言自语：要是有以前十块钱的那种旅店就好了"。他的诗中，这类小故事，小情节甚多。一方面这类故事犹如图画（据相关研究，图画比单纯的文字叙述给人留下的印象要深二十倍左右），如此以画入诗，使得他的作品清新可读，读后印象颇深。另一方面，这类小故事，小情节，犹如河道、枝干，使得全诗的流域有了脉络、绿荫有了骨架，从而舒张有致，血肉丰满。他以平而不淡、清而不浅、飘而不逝、游而不离的笔法，于简洁中露出几丝柔韧，在苍凉中闪现着几分自信，如一把被投入火堆的干柴，在读者眼前跳跃着一束撕破暗夜的火焰，给人带来了震撼心灵的冲击力和触目惊心的烙印感。当他写下"我何尝不是一株小草／生活是一滴露珠／我拼尽全力／也只是为了多挽留一会露珠／给这个不完美的世界／呈现片刻的纯真和美好"这类日后足可以成为他墓志铭的诗行时，事实上已和时代语境下的优秀诗人们一起找到了前行的路径。

"我"字的主要结构是个"找"，要找到属于自己的那一撇。我字的那一撇，也正似人字的那一撇。犹如"姨父不识字，一生只认得家的方向"，顾彼曦，无疑是那个已在纷繁生活中找到了"我"的诗人。

2023 年 10 月 11 日，黄河之滨

马萧萧，湖南隆回县人，1989 年 3 月入伍，历任战士、排长、师政治部干事、原兰州军区政治部创作员、《西北军事文学》主编等。中国作家协会会员。13 岁开始发表作品，出版诗集、散文集、长篇纪实文学、古籍译注、画册 20 余部。曾获首届中国十大校园诗人奖，首届中国十佳军旅诗人奖，首届解放军出版奖优秀出版人物奖，首届甘肃诗歌八骏等奖项和荣誉。

目 录

辑一 ‖ 亲情的乐章

辑二 ‖ 柔软的部分

辑三 ‖ 命运的奏曲

辑四 ‖ 时间的褶皱

辑五 ‖ 乡愁的回音

辑一

—— 亲情的乐章

母亲的心事

母亲打电话的样子
越来越像个胆怯的孩子
电话拿起来，又放下去
反反复复
一肚子的话，像吞进脾胃里的秘密
每次她都安慰自己，下次一起说吧
直到有一天，老得嚼不动时光了
也没有机会说出来

写给父亲

亲爱的父亲，每一次奢侈后
心都会疼很久。喜欢家乡十月的天空
农田里倒满了玉米秸秆
你用皲裂的手掌
把它们从低凹处扶起
风吹过家乡的山岗，我和弟弟站在
山岗上，等你从一亩一亩的田里归来

亲爱的父亲，我们有太多相同的地方了
我们都想，让自己的女人
拥有漂亮的围巾、高跟鞋，以及平整的发髻
我们都对不起她们
我们该拥抱着对方，痛哭一场

亲爱的父亲，我们慢慢走远了
你被风带到了离家最远的地方
我背着火车到处漂泊，路上见到的每一个人
都说没有见过你——亲爱的父亲
我们之间的时光都老了
也只能祈祷村庄，用赞美的词语
修饰那些天高鸟飞的日子

母亲的肖像

为了见亲人最后一面
我们摒弃时间，从各自的城市赶回去
也许是火车太疲惫，天色已晚
不曾看到有你钟爱的
颜色的云彩飘来
好多次，我把手放在胸前，屏住呼吸
听窗外的声音，我怕你就在其中
一不小心，从一场风里走丢

这些年，亲人越来越少
当有人哭泣的时候，我们都很恐慌
心如悬着的柿子，在你如期而至的那一刻
终于落了下来

母亲的心愿

母亲的心愿，挺简单的
说大不大，说小也不小
说大了就是找到一点活干
赚点钱把贷的款还清了，若有余钱
给小儿子买箱酸奶，补补大脑参加高考
再给大儿子存点，将来娶媳妇用
说小了，就是住在二十五块钱的旅社里
自言自语：要是有以前十块钱的那种旅店就好了

恐惧症

很多年前，一只喜鹊丢下衔着的树枝
绕着老树飞了几个回合
最后飞走了，在这之前，我偷了一颗喜鹊蛋
从此，村口的老树上多了一个空巢

那天，母亲放下狠话
翅膀硬了飞走了就别再回来
一气之下，我挂掉电话，有很多的话要说
眼泪在该流的时候，还是没有流下来

整整一个月了，没有她的音讯
担心起来，好怕老家的老树上再多一只空巢
好多次，我都告诉自己
即使远离了村庄，有母亲的地方就是故乡
只是多年前，我患上了某种恐惧症
现已到了晚期

父亲的茶叶

从六月到十月
给父亲的茶叶还是没有寄出

我早就应该寄茶叶给他，那个夏天
他就会少流一些汗水

那天，找了一个理由
茶叶就从西安、从我的愧疚之中寄出了

我开始想象父亲收到茶叶的样子
比如：父亲会反复端详
茶叶的名字、产地，以及色泽

父亲定会把茶叶，讲成一个骄傲的故事
然后在工友那里，收获久违的羡慕

在一个没有风的夜里，拆开封口
父亲与冬天达成和解

我们无法释怀的事物太多

我们无法释怀的事物太多
比如：母亲再次去了北疆
远方对于母亲
过于沉重，她只适应坐在院子的月光下
数那些鞋底上的针脚

那天我去车站接她，她站在
人群之中，还是没有藏住衰老

我给她预定了酒店，她在房间里晃悠了很久
终于从床头边坐了下来
自个儿说道：这房子一点儿都没钟楼滩的招待所好
那二十块钱还三张床呢

她依然活在她的青春年代
马桶、洗浴室，这些都是她的陌生事物
这些年，她为了我们舍弃年轻
还来不及享受酒店的舒适
火车又把她装进包里
消失在一片瘦弱的时光里

与父亲书

时隔两年，与父亲在一个叫临江的地方
相遇。说起这个地方
我们内心深处都有一条疼痛的河流
这河流，让我背负起一生的骂名

比起两年前，他有太多的地方
我无法用文字去描绘
我该丢掉一个男子应有的气概
为他写下这首诗

两年的时光，像鳞片一样剥落
父亲老了。染发剂已无法掩饰住他的沧桑
每当听到别人夸他生了两个争气的儿子
他就重新点燃了昔日的激情
我多想抱住父亲，替他扛下人间的辛酸

寻 找

几经周折，终于在车站等到了你
好像你已走失了多年
当你出现的那一刻，激动、愤怒
眼泪总算在该流的时候流了下来
人人都在否定自己，否定时间
否定贫穷是唯一的宿命——你也一样
带着火车，穿过了那么多城市
依然没有忘记，做个本分的农民
都说不该让你独自一人回家
如果你真的走失，我想会有很多人后悔

比如脾气暴躁的父亲；比如爱埋怨父亲的我
比如九泉之下的爷爷有知，泪水也会浸透坟茔前的土粒

父亲将回来

十二月的空气稀薄了下来
父亲又老了一岁。我站在没有亲人的城市
目睹一场又一场的北风从这里经过
我多想留下他们，但我的瓶子
只能盛下一个人的生硬、苦涩、滔滔不绝

刚刚过去的那场风啊，它反复抽打着父亲的身子骨儿
不远处拾棉花的母亲，已经被风卷走了十多米
父亲稍一颤抖，身子骨儿就会落地粉碎

他使尽浑身力量，敲打着高处的寒冷
这样的他已活成一枚坚硬的钉子
他每完成一次敲打
风就要跟着颤抖一次

无数场风过后，父亲还是王
他将带着被风吹老的母亲回到故乡
我已备好美酒。我知道父亲不喝酒多年了
但我还是很想跟父亲好好喝一场
我想酒醉后的自己
一定活得像另一个父亲

纳鞋底儿的母亲

母亲，坐在小院里
阳光泼洒在屋檐上面
多余的部分落在了母亲的头上
她也需要带力量的光
针尖儿带上温度
鞋底儿才会软下来

母亲用足手劲，又借着衰老的齿轮
弥补力道
直到绳子与命运的张力互不谦让
才放心拉下一针

有时候绳子被拉断了，母亲也不慌
母亲说，一针一孔，不绕道
鞋底儿才会牢实，这是规矩，人亦如此
母亲把周围的光都收揽起来，聚集到一个
小小的针眼儿上来。为了把那根线头
穿过针眼儿的另一边去
她时常要把自己架空

一个针脚儿是一个女人的一生
一双鞋则是一个村庄的断代史

父亲拥有一把锋利的斧头

父亲拥有一把锋利的斧头
无论他去哪里，斧头都是他最大的牵挂
父亲出远门前总是不忘嘱咐母亲
不要让人动他的斧头，更不要借给别人
更多的时候，父亲会带上它

有一次，父亲没在家
也没有带上他的斧头
我想做一个木匣子，装下童年的秘密
找到了一块木板，身旁也有一把好锯子
唯独缺一把锋利的斧头

我悄悄潜进父亲的房间
偷出了他的斧头
我还要悄悄在他回来之前放回原处
谁知，他的斧头不小心让我留下了一道豁口
他知道后，狠狠地抽打了我一顿

如今，父亲再也不会用他的斧头了
从外边漂泊了一年回到家里
父亲还会找出他的斧头
一个人坐在锅灶旁不停地摸他的斧头
不知从哪找来一张破旧的废砂纸不停地打磨它
斧头生满了锈，像一个多病的老人

父亲边打磨边嘀咕着
像哀叹一个人日渐老去的青春

石头开花

跟父亲又吵架了，这一次在电话里
情绪都激动，各自为后悔的事辩解
好像对方是一块石头
更怕石头说话，一声高过一声
直到一肚子的话，如滔滔不绝的水
流干殆尽后，我们才回到正常的语境中来
父亲还是那个父亲，像散文诗一样
气息温厚，意境优美
作为人子，而立之年，想起父亲
泪水里平添了一份羞愧

母亲喜欢煤油灯

母亲喜欢煤油灯
大概是因为她出生的时候
油灯是她在那黑夜里唯一能感知的光
她的命运也是一盏清贫的油灯

母亲出嫁的时候，外婆给她盖上了一方头巾
在油灯下
她隔着头巾落下了眼泪

后来母亲生下了我
凌晨四点，一盏煤油灯
又让我重复了她的过去

村里已不用煤油灯好多年了
长大后的我，好多年都不在母亲身边
听弟弟说，母亲床头边还准备着一盏煤油灯
她已经适应那种微弱的光芒
像掩饰着她内心
从未散去的无助与惶恐

父亲发来的照片

父亲发来一张照片
照片中的母亲，手拿水泵
站在还未完工的下水道闸里

烈日洒下来的时候，没有躲避
命运这张网，一生困着她

弟弟也收到这张照片
父亲的意图
我们都懂，父亲是我们
一生中最尊敬的人
不想把话说透——
他没有想象中的那么坚强

失意的时候，我会把照片翻出来看
我想弟弟也会这样做
放大或者缩小

照片中母亲啊，多么像一个战士
咬着牙齿，也要把腰杆儿挺起来
即使只有那么一小会儿
她已向命运表达了活着的骨气

父亲与他的一把黑廓尺

父亲是村里数一数二的木匠
村里的好多房子和门窗都有他的手印
他也有一把黑廓尺，相当标准
他总是做什么都习惯用尺子按了又按

有时候，我会跟他吵起来
父亲给别人家做桌子，又举起他那把黑廓尺
我说这么结实，用不着再比画了，浪费时间
他还是习惯性地用尺子比了又比才放心

一把尺子，一把九十度的黑廓尺
量着别人的门与窗是否标准
更时刻丈量着他的正直人生

母亲从不说谎话

很小的时候，母亲就教育我不许骗人
但我最先学会了骗母亲
母亲不止一次地对我讲
关于贼被枪毙的故事
随后就告诉我当贼就会有贼的下场

小时候去田里打猪草
我总会在竹篮里放些别人家田里的东西
每次回去都会遭到母亲的训诫
有时候，她会为此流泪
感觉我真的跟贼一样已被枪毙了

长大后，懂得了母亲的良苦用心
可是，亲爱的母亲，她为了我们更好地活着
成了一枚叶子，飘飞到了北疆风里

我打电话给她，想告诉她我过得也不好
不会说话的她，如实地告诉了我
她的羽翼已被风折断
一辈子不会骗人的母亲
对我说了一辈子不许骗人的话
这次，却狠心地骗走了我的眼泪

我不喜欢给父亲打电话

我不喜欢给父亲打电话，除非
我连一小碗稀粥都喝不起的时候
我才会勉强拨出那一组熟悉而陌生的号码
说真的，在我的手机里是找不到父亲的
或许，这里根本就没有他的位置

我不喜欢给父亲打电话，我怕
其实父亲也怕
我们都怕通话时的欣慰，过后的残酷
或许，父亲觉得我们遥远了
但是我的的确确从未觉得离开过父亲

父亲常数落母亲说，看你生的好儿子
读大学了电话都不往回打一个了
只有没钱的时候才会想起我
的确，我也毫不否认，这是个事实
为了弥补对父亲的愧疚
我学会了没事的时候也给他打个电话

似乎这没有改变我们还是怕通话的现实
我怕听到父亲病重的气喘声
父亲怕我永远说不到头的数字
但父亲还是蛮喜欢听我
给他讲关于大学里的故事

我也喜欢给他
讲一些无关学杂费的好故事
喜欢听故事的父亲，经常听见我
给他讲的好故事
反而不习惯了，总觉得缺少点什么

父亲的温度

父亲的身体很空，遇寒易缩
遇热膨胀。一年四季
他没有一天是舒展的
白天他是一台陈旧的机器
夜晚他是缝补日子的幽灵

他懂得人情世故
他懂得不卑躬屈膝就无路可走
他懂得演戏，装作一副可怜兮兮的样子
才能讨要一份绵薄的薪水

他常常穿着一件儿子扔掉的破校服
从一座楼走向另一座楼
从一座城市走向另一座城市
从一阵风里走向另一阵风里
他越走越轻
轻得如一架
他儿时给我叠的纸飞机

活着，就要学着装一个可怜人
骨气对他来说太奢侈了
没有人的时候
他就偷偷坐在一块砖头上
节省力气

他已经适应了暗淡的光
当这座城市完全被黑暗湮没
他才能放下手中的锤子
脱去手上的烂手套
做一只温顺的小兽
舔舔自己受伤的部位

他也是有车的人
他的车是从破烂摊淘来的
他只用了一个晚上就把它改装好了
那天他打电话对我说
他也是有身份的人了

他说他可以每天节省几块钱的车费
用来批发几个鸡蛋，外加一个冰棍
我在想，他骑着一架烂摩托
穿梭在北疆的滚滚热浪里
噙着冰棍的样子
会不会像个淘气的孩子

父亲有数不清的钉子

父亲有数不清的钉子
就像他有很多还不完的贷款
父亲总是把一颗又一颗的钉子
像钉收据一样钉进木板里去

父亲砸钉子有自己的技巧
但也有不小心的时候
他把食指砸伤了
他疼得把手放进嘴里
好像只有这样
才会让他感觉生活不那么苦

母亲年轻时的心愿和她一样简单

母亲的命和她出生的村庄一样
卑微。出了乡镇再也没有一个人知道
她年轻的时候也想嫁个坝里人
拥有一亩三分水田
春天种下稻秧，秋天煮大白米饭吃

在她家，只有大年三十才能吃到一顿米饭
所以她的愿望是奢侈的
她终究不能如愿，终究嫁给了邻村的父亲
继续与大山相依，黄土为伴
并将永远背负起一个淳朴的名字：
农村妇人

父亲再也不哭了

很多年前，父亲还是一个脾气暴躁的人
遇点鸡毛蒜皮的小事情
就不停地数落母亲，有时竟会拳脚交加

记得有一年的春天，母亲离家出走
他看着我和正在哭着要妈妈的弟弟
点燃一支烟
蹲在墙角里哭了起来

多年以后，父亲像一只断翅的风筝
穿梭在北疆的风雪里
繁忙脏乱的工地上，他举起一把沉重的锤子
不停地敲击着木板
像敲击着他
日子越过越疼痛的人生

银簪子

初见它时，母亲还年轻
它是家中用来辟邪的物件儿
母亲总嘱咐我和弟弟，丢了它
就等于要了娘的命
我便和弟弟视它为娘的根

遇上雨天，母亲闲了下来
就会打开那口红木箱子，解开碎花布
确保它完好无损后，心才会落下来

母亲有时候会望着细雨
自个儿嘀咕很久
有时候也会给我们讲它的故事
引出逝世多年的外婆
眼泪如雨一样该来的时候还是来了

如今快二十年过去了
旧物还藏在那口红木箱里
就像母亲
藏在光阴的低处
寂静相对，沉默如鱼

她拥有一个年轻的名字

她是个女人，注定这辈子要结婚生子
那年她产下了我，顿时有了心灵的寄托
或者，注定是一场无法躲避的劫难

二十多年来，她一圈一圈地变瘦
最明显的是她的身体越来越轻

她恨不得把天上的星星摘给我
却舍不得给自己买一包
五毛钱的卫生纸
那些病痛不断地侵蚀着她
越来越轻的身体

如今的她，五十还未出头
就有了七十多岁老人的弧度
她一生清贫，穷得只剩下
一个永远年轻的名字：母亲

夜晚素描

他说明天就走了。说得很坚决
谁也没预料到
年还未过完，亲人便一个个离家而走
父亲慌忙穿上衣服，却没说一句话
父亲生着了一堆火
柴木上面落满的雪，还未消融

我和父亲围坐在炉火旁
炉火太过旺盛，沸腾的热气
时不时把锅盖掀起
父亲便用粗糙的右手继续盖好

脸上，偶尔会露出微笑
谁也看不穿他的内心世界
一年四季，除了跟父亲谈论数字
我不知道我还能跟他聊些什么
我很想给他朗诵一首
关于父亲的诗句
却害怕父亲听后放声大哭

父亲一直都不肯放下火钳
有事无事地夹起地上的小木屑往火堆里扔
父亲的脸红润了起来
空气里弥漫着鸡肉的香气

父亲终于开口了
他说鸡肉煮熟了，吃饱了少做噩梦
留一些给弟弟补养身体，读书费脑筋

母亲都有一样的故事

我听过很多的故事
却没有这一个故事让我如此记忆深刻
刷 QQ 空间的时候，一位朋友说：
他老妈打来电话
过几天把谷子卖了就马上给你打生活费
他挂掉电话后，心疼了好久
其实我也疼了很久

父亲又去要工钱了

腊月二十一，天气很冷，刮风
风里夹杂着大团大团的雪花
父亲关上门，挎着一个破烂不堪的帆布包
消失在了村口
一头头猪倒下，血液从昨天开始流向每一条小路
雪很快覆盖住了伤痛与罪孽

父亲沾满汗渍的外衣与蓬松的头发
很快被雪切合成了一个雪影
父亲常年在一座城市的工地上
看着
一座座楼房耸过他的肩膀
从未问过时间何时凝滞

卑躬屈膝，没有尊严
这是他的命运。他已经习惯了
城里人看不起他
却给了他一个不卑不屈的名字：农民工
他不怕风雪，不介意嘲讽
平凡的世界里仅仅只搁浅着
一个平凡人的心愿。年头了，包工头儿把工资结了
回家跟妻儿过一个丰盈的年

母亲的味道

漆黑逼近天空
如同时间逼近指缝
鸟儿便失去了夜语
母亲单薄而矮小的身影
独坐在炉火旁边
手里握着一双粗壮的筷子
不停地在盆里搅着

夜越深越显得寂静
那油在锅里翻滚
油泡似乎要把冬夜煮熟
面泥在母亲的两双筷子间
飞快旋转
直到最后接近圆

母亲便慢慢地把白色的小面泥
放进热油里
一转身，便成了
香喷喷的夜宵

母亲小心翼翼地
把熟面团上的油沥尽
放入另一只盆中
继续那个最初的姿势

从开始到结束
母亲的呼吸不见急促

我抓过一块面团
母亲平静的表情变得慌张
阻止我吃下面团
母亲说：我先试试，看看有没有熟透

我突然间发现，好久都没有
端详过母亲的脸了
母亲老了，皱纹比黑夜还深
我吃着一块面团，眼角边有些湿润

香，全在我的嘴里
疼，压在了我心上

母亲总说我辜负了他们的心

从前给母亲打电话，我总埋怨物价上涨
自己过着一种怎样抠门的日子
随后卡上的生活费一次比一次增多
直到有一天，我再也不谈物价，无关数字
母亲很不习惯，时不时问我还有没有钱吃饭
我宽慰她说我有大笔大笔的稿费
母亲信以为真，时间久了
她和父亲都有了一种
不祥的预兆：儿子没去学校，打工去了
最害怕面对这样一个事实的父亲
越来越心痛

那天，母亲哭着问我：我们到底做错了什么
听后好委屈，突然有种说不出的疼
为此我找了许多人为我作证
我还在学校，一切都安好

不要生活费的儿子突然间长大了
习惯支付生活费的父母
越来越小孩子气了

父亲的辩证关系

父亲是我最钦佩的男人
尽管多次，我们因为分歧发生争吵
甚至通过咬牙切齿，言语激烈，表达决绝
生活无助的时候，还是会想到父亲
这时候想到父亲，就会跟羞耻联系到一起
不止一次告诉自己，不必求他
少了他的世界，山不会倒下
是的，父亲就是那么平凡的一个人
从生下我那天起，让我一生都与他有关

直到我初为人父，才读懂他的沧桑
读懂他教给我的公平正义
人到中年，细看父亲，父亲好像变作了孩子

母 亲

我的母亲，一介农夫
斗大的字没识一个
为了给我最温暖的港湾

去年，她从麦地里扔掉了镰刀
带着火车
穿过西部一座座城市的胸膛
抵达新疆的工地

我在想我的母亲，从未见过城市的她
会不会因为霓虹闪烁，惊慌失措

母亲如枯叶，经不起风吹
那天，她却对我说
她经常去工地上扛一根根钢管
因为钱给得高
她枯瘦如柴的身子
像她扛着的生满铁锈的钢管
再也无法遮掩住那些隐藏的时光了

时间再次把母亲推向衰老

时间再次把母亲推向衰老
时代的浪花把她的习惯甩了几条街

近些年，尽管她活在北疆的寒风里
像最初热爱王家山一样
热烈地爱着山弯里的那一亩三分自留地
年龄大了，更加不图热闹了

那天打电话给父亲，问他哪里能接收邮件
坐在一旁的母亲听到后，愤怒地骂父亲
她以为我又要给她花钱买衣服了

记忆里的母亲，从没有对自己奢侈过一次
她总说她的衣柜里衣服很多，到死也穿不完
关键的时候，却找不出一件
可以跟世俗搭配

与父亲交谈

深夜，电话里与父亲交谈
父亲说，他一生中最后悔的事情
自作主张为我在城市买下房子
这是一个多么绝望的父亲说出的话啊

自从生下我和弟弟，父亲就把半生的青春
签在了工地上
钢铁、卷尺、水泥、电锤、螺丝帽、架子车
以及新疆的阵阵寒风
这些生硬的东西，都是贴在他身上的符号
为我买下房子后，他打算把它们撕碎

儿子的婚姻上，父亲选择了低头
父亲说，有人就有家
长满傲骨的父亲，选择了顺从命运
作为人子
多想对他说声：对不起
我怕这话说出来，他又该责怪自己说错话了

母亲进城

母亲来城里生活，一点也不情愿
要不是妻子生了孩子
我想母亲这一生，与城市不会有任何联系

母亲来城里不久，带来的一只老母鸡突然死了
母亲说，农村人的鸡，自由惯了
不适应城里人的生活，急死了
母亲的语气很悲伤，鸡也是生灵
除了我们之外，那是她城里唯一的亲人

我开始担忧了起来，农村来的鸡
住进城市这座笼子，给急死了
那农村来的母亲，内心该有多么焦虑啊

辑二

—— 柔软的部分

活 着

半夜一点接到舅舅的电话
声音颤抖，我不喝酒，但能体会到
酒醉后的痛苦

或许等他一觉醒来，想起昨夜给我说过的话
羞愧不已，或许
他已经习惯忘记。外表刚性的人
常常会欺骗自己，大醉一场
一切就好了

他说，没有外公的家是一座坟茔
我能感受到词语朴素的力量
外婆去世后，他们从王家山
搬迁到小镇临江
也从那年起，外公患上了一种
无药可治的病
整日坐在摇椅上，望着远行的鸽子
在空中飞来飞去

愿　望

看着你脆弱的样子，我很难过
如果一个人生前少受些折磨
死后必定会长眠
可惜，偏偏你不是这样
食物触摸嘴角，针尖般大小的光线
允许进少量的水和空气

死亡的气息不止一次地袭来
你的样子平静如云，舌尖上的盐分太淡
泪水里荒草疯长。拒绝尘世的安慰
身上的负荷剩下一张壳，空荡幽深

你说活着太累，死亡是一种解脱
或许你说的也有一定的道理
人啊！这一生，很少为自己活着
唯有死亡可以自己做主
你也一样，我不怪你
只是希望你闭上眼的那一刻啊
还能喊出我儿时的乳名

诀别书

听说你病了，我也觉得惊讶
你那么硬朗的身子
村里村外，人人皆知

药物养育着你最后的呼吸
脾气也变得越来越暴躁
往日逢人你都会夸自己的孙子
个个都有出息
如今没有一个孙子在身边

我想你一定很伤心
总以为你见了我后会好起来
可惜我这枚药引子不治病

我要你答应我
今晚好好睡一觉
你像个天真的孩子，不停地点头
这一觉睡去，从此再也没有醒来

柔软的部分

两年后，再次见到舅舅
院子的鱼池里再也看不到鱼儿了
多了两棵合欢树

晚饭后，院子里笑声延绵起伏
时而又陷入沉默
话题回不去的时候
每个人的内心
都已是一座空荡的院子
就像舅舅和我之间一样

见到我，他差点把自己灌进酒杯里
走起路来，摇摇晃晃，看得旁人揪心
他说这辈子最对不起的人是我和弟弟
别人家的孩子感个冒他都三百五百地给
唯独我和弟弟
他说我们不会因为这些
成为彼此世界里的陌生人

话到这里，夕阳也随着抒情落下
余晖散去的天空
掺杂了太多的复杂与孤楚
眼泪似乎一晃就要掉下来

再坚硬的石头也有柔软的部分
何况一个人。我们力所能及的事情
就是弯下腰来
借着醉意，在亲人面前
交出自己真实的部分
让彼此在这复杂的世界里
活得简单些

死亡增添了过多的牵挂

今夜该我守候你了
所以你用不着迁就，不必担心半夜醒来
大大的屋子里空荡荡的。气息孤独
脚尖很冷，心已开始走向死亡
给你按摩，得让自己变得轻盈如蝶
轻轻一按，肉就陷了下去
一不小心，食指和拇指摸出了那些骨头的形状

如果不认识你，我一定会很害怕
你说你不怕死，就怕死了不能再醒来

夜行书

夜深了，空气变得稀薄起来
与岳父唠嗑，逃避不开黑夜和寒风
要懂得主动迎合，"岳父"是一个动词
与岳父唠嗑，不喝酒，但要有酒醉的语言
字里行间，岳父会删选些真实的部分
交杯换盏，一时间恍惚成了兄弟
从黑夜聊到早晨七点，窗棂上落了一层雪
岳父如一个醉汉，滔滔不绝
爱人说岳父是一个冷淡的人
不易接近。我们都不曾了解真实的岳父
我带着疲乏睡去了，他一如既往起床生火
煤炉里加满了煤块，烈火燃烧
屋内的一切跟着暖和起来
这一天的岳父，这一年的岳父
生命比任何一天任何一年都活得长些

秋日里的怀念

这一年的秋天，菜园子里的小菜长得正好
而你拒绝诱惑，与世长辞
现在想想你已离开快一个季节了
这人啊，活在世上，最难留住的还是时间
回想起昨天，你还是一个站在村口
唠嗑的精壮老头
这村口的风真大，居然把你给吹走了

我不知道，在你离开之后
那些听上去撕心裂肺的哭声
是不是你想要的
我想，你一定在另一个世界
嘲笑这哭声里的虚假

有人说，我和你，并没有诗里写的那样好
所以你的离开我才没有那么伤心
我不想反驳。每次看见开往家乡的火车
我的内心都会剧烈地疼痛
活着太痛苦，原谅我们
用解脱一词宽恕生活

菜园子里的菜，腐烂一地
空旷的村口，只留下一间破旧屋
在一场吹往北方的风里，左右摇晃

远远望去

就像站着一个孤零零的老人

就像再也遇不见的你

深夜与岳父喝酒

岳父这次来陇南，完全变了一个人
我知道，岳父是个性子直又犟的人
有事只留在心里

等妻子睡后，我们小杯饮酒
喝到中途，聊得多了，伤心事也随之而来
开始换作大杯

岳父说，他是个矛盾的人，服理不服人
到了这把年纪，看不惯的事情也多了
但他觉得自己做得没有错
所以他选择了不屑一顾

他说，有人给他介绍了在货运站卸货的活
他说看一下我们，明天他就要去新疆
说着，他就给我算了一笔账
一袋货物两百斤，一个月就能赚一万块钱
这些冰冷的数字背后，更多是
中年人的迷惘和自卑

我的父亲，在新疆也好多年了
我们从未有过这样坐下来交谈的场面
谁让他不喝酒呢，不懂得借酒消愁
但在我的婚礼上他喝多了

我知道，父亲一生中从未那样高兴过

如果今天父亲在场，那该多好啊
我们可以坐下来，推心置腹地交谈
不高兴了，也可以借着酒醉
痛骂几声：一地鸡毛的日子

这个周末难以调和的一天

周末带外公去市里，想让他活着的时候
多体验些新鲜事物
说不定哪天他走了，喊也喊不回来
变成我最不愿意接受的遗憾

我们穿过街区、广场、十字路口
在一家德克士里刚坐下来，他就嘟嚷着要走

出了德克士，我们去了休闲厅、超市
最后在魏家凉皮里坐了下来
这一次无论他怎么嘟嚷
我想我都不会再由他性子

他静静地坐在那里
盯看着墙上的挂钟
仿佛一不小心
他的眼泪就要掉下来

人老也是一个悲凉的故事
我给他看有关弟弟的照片
细细讲解这张照片背后的故事
他静静地坐在那里，看啊看啊
好像一口气就要阅完
弟弟的一生

致弟弟

为了安慰自己
不止一次地打电话给你
那些路，你不能重复
不希望你也活成自己讨厌的样子
钦佩你的孝心和勤奋
自己弱小了，才希望亲人强大

你知道吗？每次通话前
我都要反复告诉自己
不谈生活的委屈，不谈梦想的高远
让词语软一些，这个冬天
我们就不会畏惧寒冷了

带着外公去旅行

外公活了八十年，怎么也想不到
因为我发了一个和他赶火车的视频
一夜之间，就火爆网络
对于虚无缥缈的东西
他异常平静
整整一晚上，倚窗而坐
火车要把他带向何方？他也不问我
劝他睡觉，他却说
在人世的日子不多了
往后有的是时间，地下长眠

我很难过
苦了一辈子，坐趟火车
成了他最奢侈的事情
窗外忽明忽暗的灯火
在他看来都是诗
他倍加珍惜火车上的时光

后来，我们去了成都
他说要把这座城市看完
要把这座城市的历史带走
一个景区还未逛完
他就嚷着要回家
他说，人不能太贪婪

该看的也看了，火车也坐了
这辈子算赚了

返程的路上，他靠着窗睡着了
也许还做了一场好梦
等有一天，我相信
他一定会讲述给大地听

写给小姨

小姨命不好，作为家中最小的女子
村小容不下她的一双破布鞋
家中容不得她的哭泣
她每哭一次，灯芯就会跟着深夜摇晃一次

小姨跟母亲不同
母亲认命，小姨不
小姨想读书，条件不允许
每当看着村里的孩子去上学
她就牵起一条废弃的地膜塑料纸
在风中，奋力往前奔跑

小姨曾说，要不是因为两个舅舅
她绝不会向世俗妥协
小姨书没念成，便一心跟着母亲和二姨
放牛、砍柴、割草、喂猪，漫山遍野寻找草药
擦拭那个时代带给所有女子的伤口

舅舅不负众望，活成了王家山的人物
也仅仅只是王家山的人物。大舅匆匆辞别
除了母亲，小姨哭得最凶
无能为力，这句话或许是他死后
最有含量的一句，坚硬如铁
堵得小舅这一生也难以喘过气来

小姨命薄如纸，日子过得不如两个姐姐
三年后，小姨从北疆回来
站在人群中，我误以为是母亲
我想起了那个曾经牵着一条废弃地膜塑料纸
在风中，奋力往前奔跑的女孩
整个深秋都处于寒颤之中

意 义

趁还活着的时候
可以尝试着理解一些事物
也可以试着做些什么

比如，在春天到来之时
写一封长信，留给漫长的岁月
留给未来死去的人
比如，带亲人去远行
这个亲人可以是我的母亲
还可以是我母亲的父亲
也只能是他

悼念三叔父

听说你走了，走了好啊
活在这人间，疾病带来的疼痛
想想都让人难过，作为人父
村里人对你评价很高，我多想敬你一杯酒
现在却只能敬到火堆里

走了好，那么多让你悲伤的事物
再也不会穿越你的伤口
活着的时候，你像一个失去权利的人
死亡对你来说多么公平仁慈啊
你终于可以为自己做一次主了
你不必留恋人世，人各有命，富贵在天

记得有段时间去看你，头发早掉光了
隐约感到你在世的日子已不多
你知道吗？只要松一口气，你就解脱了
但你一直不肯松口，好像
还有什么使命没有完成
命运这根草，咬得紧了，也会断

你说人间的美味，早已不适合你的胃
断了食物，多半在去往天堂的路上
你说水啊，最懂人心
但水还是难以漫过你的嘴角

看着你枯瘦的样子，我真的很难过
自从爷爷去世后，我就再也没有流过眼泪
见到你的那天，我把泪水吞进了肚子里
我不要空气里全部是悲伤
毕竟你还行走在这苍茫的人世间

你叫我的名字的时候，去除了姓氏
那么亲切，你让我给你揉揉腿，手再重一点
我知道你难受，但原谅我胆怯的样子
我怕我轻轻一按，你突然飞散在我眼前
那是我最不能接受和原谅的事
我宁愿在离你几千里远的地方
接受你死亡的讯息

油灯燃尽，以前不觉得什么，现在想想
这是一个多么悲伤和绝望的词语啊
想起小时候你对我的好
想起你跟我的父亲，一对堂兄弟
却活得比亲兄弟亲
尽管这些年，亲人越来越多
可在这苍茫的人世间啊，唯独少了一个
可以叫"三叔父"的人

致另一个自己

我希望野菊开满南山

每一处角落的时候

你能够想起我

我是爱你的

这么多年过去了

回到家乡，老屋前梧桐树上的

喜鹊窝

还留在风雨中

让我总感觉

你又回到了我身边

爱的密语

我要在你的胃里喂养一匹马
给你食物、水和空气
给你世上最温情的爱

我会时常带你去寺庙静听佛音
我要你身心愉悦，了无牵挂

我所做的这一切
都是为了让住在胃里的马匹
野性消退

我要赶在春天到来之时
带你去终南山上
看下面的青草漫过冬的神秘

我要你看到远处的温暖、青山的希望
我要你看到我们共有的江山

我要把爱和秘密一起种在云朵里
我要你陪我一起看它们生根发芽
开花结果。自始至终
我都不会在它们面前说漏这个秘密

我的爱如此狭隘
却能牵引千山万水

爱上一个人，就可以病痛一生

命中注定，有一些事物
来历无法追溯
我们更无力连根举起

白龙江的水浑浊的日子多了
鱼儿难以上钩
发洪水的时候，河岸两边的农民
打捞木材的岁月
也早已随波光而散

有些事物，简单如云
雨来的时候，一样能让你哭泣
曾经像云一样简单，吃素，不生病

那年，爱上了一个人
那年的雨下了很久

我们之间平静如水

我们之间隔着雁群
就像天空与楼房之间隔着空气
要想靠近一个人很难
必须穿过翅膀
一箭穿心，我不懂
也不想尝试，原谅我从小就怕血腥味
平静如水，才是最好的疗养

我们之间隔着房租、婚姻、嫁妆
油盐酱醋，悲欢离合
我们之间隔着雁群、羊群、马群
我们之间还会有孩子的呓语

总要有人先勇敢迈开一步
最好是你
穿上美丽的裙子，搭配十厘米的高跟鞋
咯噔，只听见一声轻响
摔倒在了我的怀里

吓跑了我们之间隔着的房租、婚姻、嫁妆
油盐酱醋，悲欢离合
雁群、羊群、马群，乃至空气

我该以怎样的方式对你保持衷情

我的想念，如满山弥漫的烟雾
缠绵悱恻，时而陷入虚无
我要为你留出生命巨大的白
我讨厌极了六月的天气

借着夜微醉的步子
把我们相爱的过程再重新走一遍

我们相识茫茫人海
反复辗转
如今我们之间的爱情啊
隔着秦岭和云雾

陇南的杏子熟了，酸涩而甘甜
就像我们的爱情

爱你的另一个方程式

现在的我，难以兑现最初的承诺
我无法原谅城市带给我们的漂泊之痛
试图选择好了多种逃遁的方式
带着你一起成为被追杀者

我写不出好作品，但书读了不少
我不甘心。你和诗都是我的爱人
我说不上爱哪个更多一点
如果可以，我想把你和诗装进瓶子里
一口闷下，一醉千年

我可以忽略秦岭，省略吻你的过程
我可以连夜跑向秦岭以西
抱着你，守口如瓶

这是我爱你的另一个方程式
你只需解题，时间会求证

我爱的人

我爱的人信任我，犹如农村人信命
我也是农村人，祖上都信命
但我不信，我能想象到
爱人的执着

我爱的人信任我，犹如蛇信任黑洞
她相信有我在，再黑的夜晚
也会出现明亮的光

我爱的人信任我，她说她信的其实是善良
因为我身上有了这种品性
灵魂就能保持干净
跟着就不会走丢

因为爱

这个冬天，很多地方都下雪了
唯独西安；这个冬天
很多人都不欢而散
唯独住在西安城里的我们

我们也想象过很多分手的场景
我们也上演过分手时的情节

一次是她拉着密码箱离去
我和她一起回来了

一次是我提着密码箱离去
我一个人默默地回来了

我和她

我和她，开始谈恋爱的时候
每见到一个人，他们都会说好般配
就连我们自己也这么觉得

她是个乖巧的女孩，那时候
她会说一些温情的话
后来，我和她成了城市的一枚纽扣
被生活牢牢地锁住

她开始有了脾气，大街上也会吵吵闹闹
怨恨开始在我们之间疯狂生长
直到某天，我们抱头痛哭
说了一些祝福的话

我以为爱已走到尽头
却没有一个人愿意松开双臂

致妻子

二十多岁，我们去了遥远的东北
在那里对雪有了新的认知
比如，雪落是有声音的，雪一定高过人
而立之年，我们又去过南方以南
淋过温柔的雨水，不觉得江南
就一定比陇南好

我们曾在城中村，怕夏天也怕冬天
怕没钱的日子，也怕路人鄙视的眼神
像耗子一样，东躲西藏

我们有过情怀，以一个诗人的名分
争取在大城市找一块落脚的地方
我们争吵、出走，玉祥门城墙脚下
拍着胸膛，说掏心窝子的话，挽留时间

我们搬家、辞职、找工作
放弃西北版图上最迷人的那一点
回到家乡
回到人生的另一种狭路

我们有过懊悔，目睹过
人在面对死亡的时候，痛苦的表情
自从有了家和孩子

更害怕自己不小心成为那个不幸的人
我们艰难而漫长的路上
苦于被生活的烈火包围
如今却又要感谢它
锤炼了不一样的我们

不 许

我们坐下来，关掉所有的灯
让烛光亮着，一首老歌循环播放
不许聊时间
不许怀旧，孩子在怀里睡着
装作这些事物
都与我们无关

不许怀疑生活，不许谈起
曾经看过的朔方的雪、南方的雨
更不许怀疑选择的爱情

我们去过那么多地方，曾经
差点沦为了异乡人
我们早已丢掉了青春
丢掉了一生中再也遇不到的花朵

说爱你，也不许
不许哭，不要抱怨
不许羡慕别人的嫁衣和名声
更不许说我恨你
我怕，我怕你嘴角一动，滚烫的泪水
会击碎我们年久失修的心

初为人父

而立之年，很幸运成为父亲

我会是一个好父亲吗
我有我父亲的臭脾气
遇事烦躁、不服输、埋怨亲人
但是我的父亲，这一生活成了一座高峰

我很想快点见到我的孩子，我想看一看
他长得像不像他的父亲，身上有没有
他父亲的臭脾气

有，我也高兴，只要我的孩子健康快乐
我还想亲身感受一下，我的父亲
当年大雨中背着我奔跑的时候
内心有多刚毅，有多辽阔

写给我的孩子

亲爱的孩子，与你即将见面时
你的母亲已经担忧了一年
怕你营养不良，把最好的都给了你
你长成了巨大婴儿，你的母亲被告知无法诞生下你
她的内心有多复杂。她不怕为你挨一刀
她是想用自然分娩的方式诞生下你
她常听身边人说，那样的孩子更健康

亲爱的孩子，为了迎接你的到来
她把风险都留给了自己
长大后，你一定要听她的话，即使她老了
不要嫌弃她的皱纹，臃肿的身子
她曾经美丽过，勇敢过
也不要嫌弃她的唠叨，不要惹她生气

你知道吗？你的母亲被推进手术室的时候
她是那样的阳光，还在跟我们探讨
应该选个好日子诞生下你
这样你就可以有一个刻骨铭心的记忆

亲爱的孩子，一生最怕痛的她
被推进手术室的时候，眼神那样坚定，像一个
为了正义赴死的英雄

亲爱的孩子，你的母亲被推进手术室快二十分钟了
我感觉时间过了几十年
我祈求上苍，让我这一生多经历些痛苦
换你们母子安好
亲爱的孩子，期待你的一声哭声
原来如此煎熬

亲爱的孩子，当医生说你八斤四两
我还来不及反应，直到你被抱走后几分钟
我才缓过神来，你的诞生
注定要在那一瞬间，刻骨铭心

与女儿书

女儿两岁多的时候
遇到了疫情
准确地说，她的成长
一直在同疫情捉迷藏

现在，她有了新身份
也因为这个身份
幼儿园通知她核酸检测
看到穿白衣服的人
她就撕心裂肺地哭

我怕心一软，拉着她离开
所以选择不相见

妈妈为了保护她
把她关进房间，陪着她
闭门不出

每天早晨醒来，她还是会说
妈妈我醒了，我想去玩
妈妈，爸爸去哪儿了
妈妈说，爸爸马上就回来了
视频里，她矫情地说，我想我爸爸了
我很想回答，爸爸回来了

但就是张不开嘴，我怕嘴角一动
眼泪忍不住滚落下来

写给女儿

当你学会了笑
有针对性地
对爸爸
笑得那么开心
我就在想
如果哪天出远门
你突然叫一声爸爸
我会不会哭得像个孩子
我对自己没有一点信心
现在的你，那么小
就开始黏人了
妈妈说，等你再大一点
情绪也会增加，如果你不让我走
我真不知道该怎么办

亲爱的女儿
当我知道三十岁以后的日子
要用来保护你
我就不后悔
这一世成为父亲

辑三——命运的奏曲

怀念一位朋友

时间把他的灵魂赶往秋天的麦场
腐烂的麦子已毫无生命气息，如同他的死亡
排除了他杀的可能性，刽子手也不是时间
尸检宣布他归于猝死
这个判决，不影响工伤赔偿
家人伤心欲绝，咬着牙齿买下：节哀顺变

逝者死不瞑目，人们开始从可怜他的家人
转向他的死本身。生者主观臆想
不懂这是他对秋天的依恋
闭上眼，或许他会害怕醒来后的秋天又远了

夏天他曾对我说，钱就是信仰
活在当下就是极乐
如他所言，前脚没有跨过秋天的栅栏
后脚便沾满了纸钱的余烬
注定要死在一场从北往南的风里

面 坊

面坊离我不远，楼下转个弯就到了
刚进南关新村的时候，她就拉着我
全村寻面坊
她说面坊的面便宜，数量多
直到她走后，我们还是没有
买过一回面坊的面

面坊陈旧，一对中年夫妇经营
生意谈不上好坏
他们话少，像面坊，像一群没有故乡的人
落在光阴的低处

聋

我叫他周老师，他确实是一名老师
我叫他姑父，随爱人叫，也合适

两年前，他聋了一只耳朵
我陪他去医院挂号
专家说，带个助听器吧

他默默地走出医院
不停地用火柴棒掏耳朵
他想掏出声音
掏出一个可以号啕大哭的理由

亲人不停地安慰
他都不予理睬
不停地重复着一句话
他说这就是命
装了一辈子聋
以后再也用不着装了

一生
——写给大伯

两年后，我才知晓大伯已去世
我们之间谈不上多深感情，更多是一个人
对另一个人的怜悯
大伯也曾娶妻，享受过洞房花烛夜
好景不长，妻子难产而死
他想不通疯了

大伯一个人过完了一生
领取五保户补贴没几年就走了
无儿无女
也没有遗憾和牵挂
活着的时候，连一片感冒药都买不起
死后，也没一个体面的葬礼

一亩三分自留地，种满了小麦和黄豆
坟茔边青草长势凶猛，风一吹，十分安静
我想，大伯在另一个世界
也不会为此而流泪

南关新村

多年前的某一个夜晚，我和女朋友
去南关新村看望一位写诗的朋友。离开的时候
她胆怯的步子，像躲避
一个染上疯病的女人

多年后，南关新村多了一对村民
每当他们回忆起第一次来南关新村的记忆
都会相视而笑，晚上的时候
遮不住风的窗子，时常会把雨水带进来
也分不清是眼泪，还是遗落在梦里的雨滴

南关新村日记

住进南关新村，就出不来了

南关新村的街巷很窄，一辆三轮车
就挤满了一巷子的时光
遇上雨天，雨水就住进了巷子里
跟我们一样进去就出不来了
阳光带不走的地方，被不同的脚底带走
不同的病菌，在南关新村的各个角落里滋生
不同姓氏的人，像关在笼子里的小鸡
拼命往里拥挤，又拼命地朝外发出尖厉的鸣叫

南关新村的秋天每年都来得很迟

南关新村的温度很高
遇上停电的时候，风扇就会停下来

你走时说，顾，忍忍就过去了
七月末就到秋天了
如果真是这样，那我为这已等了太久

你曾说我们之间隔着
孤独的雁群，黄昏的时候
雁群飞去，你才能消除内心的胆怯
在我脖子里留下唯一的吻痕

和你在一起的日子里
我们学会了流浪，忍受悲伤与眼泪
掏空别人种在耳勺里新的声音

开往南方的列车，不止一次地向我们开来
注定我们要成为一对离别的人

我相信你对爱情的忠贞不渝
你说，顾，忍忍就过去了
七月末就到秋天了

可是我们心里都清晰地明白
南关新村的秋天每年都来得很迟

南关新村：手札

南关新村的每一条巷子
谁家有空房子
面积多大，有无床和家具，租金多少
房东是个什么脾性的人
我都基本熟悉

一年的时间，我换过两次房子
却用了半年的时间来观察和权衡
对于穷人，必须精于计算
否则在南关新村
也难以有一个避风遮雨的地方

南关新村属于城中村，房屋老旧简陋
住满了乡音不同的漂泊者
楼梯上挂满了各种衣服
还有刚洗好的尿布
每次出门你都要弯腰经过它们

大多数人一住就是一二十年
出出进进在南关新村，只为了一个城市梦
耗尽了两代人的青春

南关新村：时间密码

回头想想，时间过得好快
转入秋天，地铁站里的人少了许多
我们没有停下脚步
该流汗的时候，我们流了眼泪
不幸的故事，总发生在每个租户身上

自从违背你的意愿后，我们再也没说过话
我知道，你很伤心，诅咒自己当初
不该生下我

想你的时候，我就使劲吹纸片
这薄如纸片的命
我要吹得更响一些

漂泊在南关新村

怀揣理想和远方的人不写诗了
学会计专业的人不接触数字了
漂泊在南关新村，整天为鸡毛蒜皮的事
吵来吵去。爱情失去了浪漫
生活被打上南关新村的印记
早出晚归，追逐熟悉的公交和地铁
躺在简陋的床上，相互吐槽遇到的恶人
倾诉不公和委屈，一切富有传奇的色彩
被笼罩在南关新村，失去光泽

露出上身，走在南关新村的巷子里
像个酒鬼，更像个隐士

夜里，走在南关新村的巷子里

朋友执意不让送，出门就加快了步伐
从南关新村这头
一直追到他所住的地方
才赶上他的步子
对于我的执念，他显得有点害怕

原路返回，才发现巷子错综交叉
天色太暗，显得更加阴森
每走一步，心就会猛烈跳动

走在南关新村巷子里
人穷胆就更小了
假装自己天下第一
走起路来，姿势必须像个屠夫
生活在尘埃里，要学会给自己壮胆

南关新村素描

西安的夏天很热，好在有空调
南关新村就要另当别论了
住在南关新村的大多是买不起空调的人
他们的身体已经适应了夏热冬寒
我也搬进了南关新村，成了村民
除了赚钱，梦里梦外都像个传销者
不停地说服自己，做一个适应南关新村的村民

南关新村纪事

大清早就听到孩子的哭声
这哭声一直持续了将近两个小时
我们被这声音吵得
终究还是睡不下去了

邻居家里又钻进老鼠了
妈妈从昨晚出去，为了活着
七八岁的孩子就要学着一个人睡觉
从早到晚与一只老鼠对峙

住在南关新村

住在南关新村，日子就像破衣服
缝缝补补，口子越来越大了
一觉醒来，汗水淋漓
好似一条鱼，搁浅在沙滩上
燥热，汗腺味，让人难以忍受
坐在楼顶去透透风吧
吹吹这缝补的日子
吹吹南关新村的搬迁史

南关新村：故事

被逼无奈，搬进南关新村
注定要成为漂泊异乡的人
说了你也不会接受，二十一世纪了
诗人
还是一介穷书生
如果我说
为了写诗，为了寻找刺激和感觉
我才住进南关新村
你们会信以为真。说真的
一开始住进南关新村，我很欣慰
我想知道，骄傲的自己有多坚毅
我想知道，落井下石的人
在南关新村会不会出现
我承认，不久之后，我对贫穷产生了恐惧
但是我还没有输给生活
我依然是带着浪漫主义精神的骑士
为了有一天走出南关新村
养兵屯粮

叙　述

刚搬到这里的一段时间
跟隔壁邻居从未有过照面
或许因为轨迹不同，无暇顾及这份缘分

我们之间隔着两道铁门
但从未同时打开过
时间久了，才慢慢熟悉
邻居家有两个小孩，一个男孩上小学
一个女孩常年待在家里

某天，突然在楼道里相遇
我们依然陌生
父亲送他的儿子去上学
走在后面的我，目睹着他们的背影
一前一后地走去
某种滋味涌上心头，促使我捂住了鼻子

很长一段时间里，满屋子都是邻居家
飘来的刺鼻的韭菜味
我和女友是那种悲悯情怀很重的人
顺其自然，我们原谅一切
因为活着产生的堕落理由

我们两家都很安静

哪怕是平常人家吵架的声音

这反而让我们难受

想到有一天，我们的生活也会如此平静

不由得战栗起来

异乡人的孤独

漂泊者如鱼儿，如一枚母亲手心里
滑落下来的银针
送信者骑着马匹，家乡的号子
依然好听

时间漫过午后，嘴角的烟圈越来越浓密
直到慢慢变成了故乡的云朵
天色才黯淡下来

这些年，颠沛流离到这座城市
受尽了委屈、藐视。想尽了一切办法
还是没有收到一点家的讯息

这里本就没有我们的梦，春天种下的眼泪
来日开出的依然是别人的花朵

面对镜子，就会失去那份从容
那臃肿的身子，仿佛藏有罂粟的毒
而这毒不会要了我们的命
却让我们整天活在恐慌之中

回过头来，想想这些年走过的日子
才感知青春已在孤独之中老去了
我们一起蹚过的河流、骑过的马匹

背叛了我们，而我们背叛了家乡

画地为牢，以为就能锁住孤独
再也不会承受潮湿带给我们的压抑

异乡人的孤独是锁不住的
异乡人的孤独，只有异乡人懂
异乡人的孤独，治愈也要时间和光

自语者患有孤独症

北马道巷里
有这样一个人
几乎把醒来的时间
都用来自言自语

他不给狗说
也不给人说
狗不懂，人也不懂
他并没有为此感到孤独悲伤

他的声音清亮，逻辑清晰
没有人会怀疑他患有某种病
下雨的时候，他带着雨衣
炎热的时候，他打开一把伞

总之他把大部分时间都花在了这里
他在这孤独的世界里
自言自语
似乎在另一个世界里
安慰不完整的自己

他 们

他们南南北北，像秋后的雁群
把一张车票，喂入通往故乡的嘴巴
他们不比雁群，身后有强健的羽翼
他们只能坐在打戳的纸上
听车轮与铁轨摩擦出的乡音

离家最近的地方
火车就会慢下来

他们懂得颠沛流离是一种病
漫漫长夜，他们活在彼此怜惜的目光里
他们没有别的选择，责任就是一种信仰
他们肩上都扛着一个蛇皮袋
那里装满了眷念和乡愁

他们必须赶在雪落之前
把饱满的编织袋放在供养祖先的神位前
接受祖先的检查
他们世世代代都是耕读之家
断不可辜负了名声

火车留下他们后自己又要把新的故事带走
他们熄灭灯火，在黑夜里
光明正大地耕耘这荒芜了一年的土地

他们要把在路上编好的童话
声情并茂地讲给妻子听

宠物狗

你理它，或者无视它的存在
它都会向你发出挑衅的信号
你发火，它也无动于衷
还摆出一副盛气凌人的样子
它摸清了你的脾性，如同了解自己的娇贵

从前，我也养了一只小黄
像个小雪球，笨拙的样子实在可爱
我去哪里，它都会跟在后面
摇着美丽的尾巴，成了我的回忆

如今，来到了城市里
人便成了狗，跟在狗的后面
小心翼翼，看着它傲娇的样子
思绪万千，难以理清

怕它在外拈花惹草，惹是生非
埋下可怕的因果，遭友人责怪
更怕它漠视交通规则，挑战法律底线
无奈给它拴一根绳子
面对它享受着我从未享受过的待遇
也只能背着它的主人在微博上
狠狠骂它

小宁的一生

小宁不是瞎子，十米之内的地方他都能看见
小宁小时候得了一场怪病，病好后
现实夺走了他的光

小宁从来都不曾抱怨过生活
很幸运，没有一个人叫过他瞎子
他过着比正常人更安静的生活

小宁是我们村最清闲的人
有人准时叫他吃饭
饭后的时间，就是坐在麦草垛后面
懒洋洋地晒太阳

小宁也喜欢绕着村庄转
村庄里的牛羊，房檐下的燕窝
儿时追的电影、山歌、样板戏
寻常人家的炊烟
或许只有他一个人记得
小宁活着就是一部完整的村志

小宁的传奇岁月

户口簿上的小宁是残疾的
小宁并不瞎，十米之内的光，他都能捕捉
小时候的小宁，跟着锣鼓队混
打得一手好锣鼓

公路通车后，村里年轻人陆续南下打工
锣鼓队慢慢解散了，小宁开始放牛放驴
退耕还林，不再靠农作物养家糊口
牲口沦为了桌上的肉食，没有牛驴放的小宁
显得很悲伤，整天绕着村庄转悠

再后来，村里来了一批架电线的人
不久后村里通电了，照亮了整个村庄
也照亮了小宁的生活
小宁也成了那个时候唯一能把电视画面
通过电视锅转动出来的人

多年后，再次见到小宁，是在三叔父的葬礼上
他已经成了阴阳先生，小宁不识字，也就用不上书稿
只要众人的锣鼓响起，他就能熟练地唱出往生咒
给死去的人超度亡灵，也是给活着的人招魂
小宁硬是活成了一个传奇，活成了一座村庄的发展史

棋手小雄

小雄，小是大小的小
雄是英雄的雄

没有读过书的小雄
见陌生人就这样自我介绍

小雄是具备英雄主义的
但小雄并没有活成武侠片中的英雄

小雄下得一手好棋
地面为棋谱，石子为棋
事实证明，村里无人能赢得了他

社会发展快了，出去打工的人也就多了
有人带回跳棋、象棋、围棋
再也没有人下石子棋了

后来小雄也出去打工了，赚了钱娶妻生子
修了一院房，过上了好日子
棋手小雄早已不下石子棋了，但他下了一盘
人生最好的棋，人们把它叫：生活

虚构人物：狗子

第一次写中篇小说
就想到了这些词：火车、南方、皮鞋
车水马龙，灯火通明

街景繁华，要绞脑汁，想给它一个黑点
就想到了村里的狗子
狗子一辈子都在放牛

村里人都认为狗子的命运注定是一张牛皮
可狗子信仰的是远方，于是他跟着三娃去了广东
为了给读者思想上的冲击
我想让狗子在故事里开一朵红花

只怪我不是一个优秀小说家
我无法让他客死异乡，掌控生死也需要技巧
我只能允许狗子戏里戏外高傲地活着
并且让他从南方带回了思想

老 二

老二是长幼次序的产物
村里很少有人叫他的本名

老二沿着山野，打老鸹鸟、挖草药
或者赶制春天的牧谣曲

如今我们被城市绑架，回到乡下
以为还有一个可以找到童年线索的人
不甘寂寞的老二
接受了成语：人为刀俎，我为鱼肉
提着编织袋，跟着村里年轻人走了

这两年来，亲人去世的越来越多
回家的次数也就多了，每次路过老屋门前
都会细细查看，老屋已经成了楼房
站立在那里，像一个人，活在一场春风里
呼喊着说，我是这房子的主人
坐不改名行不改姓——本名李小星

哑巴新娘

哑巴嫁到新舍湾，算村里一件大事
尤其是嫁给了四大爷，不容易

哑巴是山寨村的牧羊女
常年捕捉羊的足迹，草的气息
她是一个没有玩伴的人
她已经习惯了
小半生都在沉默中度过，或许
只有羊懂她

她曾有难过的时候，比如
村里的小孩见到她
会匆忙躲开，比如一只只逐渐长大的羊
被父亲赶往屠宰场

得知以后再也不能与羊为伴
要跟一个陌生的男人生活
还会像羊一样，诞生下很多的羊崽
她像所有正常待嫁的女子一样
哭了一晚上

暮 色

一场大雨过后
暮色降临
万物皆静
虫鸣显得格外迷人
群山叠于夜空
月亮再次藏进云层
少小离家
十年之间
家乡十月的天空中
那颗星星
再也没见过
就像我
渺小
常常隐藏在暮色之中

秋日的叙述

一场大雨过后
江岸的草木，由盛转衰

路上遇到的行人
眼神里装满了对秋天的热爱

水比人懂得投机取巧
遇到低洼处，拼命往前赶

高高挺起的蒲苇
多么像凌晨四点醒来的我
孤独而自由

时间的证词

看着镜中臃肿的自己
懊恼又难过
衰老真是一个悲伤的故事
青灯之下，时光总是那么美好
小酒馆里从不缺喝酒的人

我们曾经深夜碰杯
谈论诗歌和爱情，热泪盈眶
讲给后来的年轻人，就成了一个笑话

我们却还要
带着飞蛾扑火般的勇气去追寻
因为我相信有一天
你还会回到我身边
让我把这首残缺的诗读给你听

写给一位环卫工人

懒散地坐在公交站点的椅子上
扫把一旁放着，收音机里放着琵琶曲版的
四川民歌《采花》
嘴角跟着曲调哼着
马路上几乎看不到车辆和行人
声音显得格外大
如果风再大点，口罩就会被吹掉落下来
我故意把电动车开向老人
跟着哼了起来
我能感受到，口罩掩盖的是一张
憋屈了很久才出现的笑容

这也是太阳最好的一日
桃花也开了

辑四

—— 时间的褶皱

互相矛盾

我们无法让花朵在群蜂的围绕之中
咬住蜜蜂的舌尖
相对静止，绝对运动
这是哲学的命题，也是我们的困惑

我们无法让两个不同方向的人
搭上同一辆车，我们允许他们捧着同一个月亮
去寻找各自的故乡
我们却无法改变他们是不同江湖的人

我们无法让那些哭泣的事物
脱俗成仙，我们没有一种方式能找准
他们哭泣的缘由

我们无法把握故事的走向
如同我们无法预测自己的死亡
我们注定要伤害部分人，因此而终生愧疚
我们最终伤害的是自己，我们避而不谈

故 事

这些年，我们过得太累
以至于没有时间接受春天和爱情
等到终于肯慢下脚步的时候
这些美好的事物
已成为别人的墓志铭

我们曾经钟爱的蓝已不复存在
这些年，发生过很多的故事
忘了告诉你，那些绝望的爱和死
都不曾出现在我们的故事里
我们只有搁浅已久的笔记本和尘封的信

该到释怀的时候了，青春是一本有息的债
请把远方留给路上行走的人

这一刻，只需闭上眼睛，躺在一张云床上
静静地，接受阳光和风的抚摸
接受我日日衰老的故乡

落 日

那么美，那么突然
在一个人的心上
接收天地之间的信号
活了三十年
也熟悉不了自己

云朵里，一定藏着一个人的心事
你看
它们一层挨着一层
纠缠不清

迷途者

上大学那天，总以为是故事的终结
毕业那天，上万个出口
我们最终还是踏上了
各自回家的列车

听说这个出口，可以度过困惑的季节
只有少数人，比如我，从南到北
像一只孤独的雁
在迷惘中寻找自己的故土

时 光

降低时速，沿着长江大道一直走
允许被超越，被蔑视
身在故乡，我也是个走丢多年的人

我细数过，从胸腔到颈椎的骨骼
我以为时光就是一块块骨头
生硬，没有温度
点燃的时候，会照亮一些路
也会刺疼一些人

困 惑

我曾多次穿过和谐广场
我试遍了所有的方式穿过它
经过深思熟虑
还是觉得两点之间
直线最短

就像我来这里的关系一样
我曾以为站在这座大楼里
就能看到远处的青山和希望

而今，我对这里的一切懊恼极了
因为寒冷的缘故，最后的一点余温
也随风飘散

渭 河

舀一勺白龙江的水，倒入渭河
从河里取盐，从身体里取水
从爱人的姓氏里找到盐的分量

送信者死于马背，收信者跑向山岚
跨过绝望的峡谷，找到爱人
一同饮下这渭河的水，一座小山上
我们坐了下来，风一吹
落日便散了

雨中，赶路的人

雨中，赶路的人
因为一场雨，固守的秩序

路边的小街摊，坐满了人
火红的生意，已分不清复杂的内心

我也是雨中赶路的人
体验着从我身体里急速穿行的车辆
我想"家"应该是另一种"归"
这些年，我在雨中不断寻找故乡
找到故乡的时候，我成为了无家可归的人

我借此理由，匀速行走在雨中
我赞美从我身体内部超车的人
我赞美活着也能装着死去的人
我赞美一场雨，让一个雨中行走的人
找到活着的另一层意义
就是把自己反复再掂重一些

年轻时的梦幻

天气冷了下来，他站在路口
张开臂膀，她便融入他的怀里
他亲吻她柔软的嘴唇
她睁着眼也能投入无尽的享受之中

有时候，他会把她送到楼下
看着她一步步走进楼去
习惯性地点燃一支香烟
就像他已经习惯了拥有她的日子

这是发生在我们年轻时的画面
香烟与女人
似乎从来不孤立
我想说的是，这不是爱情
因为不久之后，他们会挥手告别
但天真的我，曾经为这一幕感动

我也曾希望遇到一个心仪的姑娘
为一个人点燃一支烟，送一个人送一辈子
我想每天醒来后的生活都有她参与的部分
我想爱一个人，可以爱到死
恨一个人的时候，也能杀死青春

远 寄

不曾见过一朵花的怒放

不曾恨过北上的人

你也不曾见过完整的我

我曾用心爱过你

那是饥饿的年代

贫寒迫使我对你倍加亲切

多少年了，我再也没有静心坐下来

想想曾与你促膝交谈的日子

那么幸福

糟糕的生活，让人时常感知

生命的力量

总是一种错觉

沉重的压抑感

我亦学会隐忍，也不再与人谈

那些风轻云淡的日子

我多么希望

我多么希望一生的光阴
消遣在阅读之中
与书中的人物经历悲欢离合
或许会有泪水落下，打湿的纸页
还会有坚硬的部分
比如，一滴泪可以装下一座山的茫然
也可以装下一条河的辽阔

我还希望人间再多一些雨水
外出的人常把家挂在嘴角
庄稼有庄稼的样子，竹有气节
人有傲骨

这是我的理想，过于辽阔
我想把它跟一粒粒麦子放在一起
一个陌生化的语境里，或许诗的灵感就会光顾
但我不会读给媚俗的人听

我原谅

早春的三月，淡雅精致
花朵追着花朵，云雾赶着流水
时间的车轴里，我也能想起
一个在故乡丢失故事的人

我曾那么绝望地厌恶贫穷
现在也学会了原谅
多少年了，我原谅一阵风吹来
跑进树林里的雾
我原谅白鹅用跳进水塘里的方式
去封存记忆

我原谅，在平静中的风声中
寻找安慰的鸟群
我原谅这个季节，高赞这春日多美好的人
我也原谅，去年给你写的那首残缺的诗
我们都要清晰地明白
这场雨过后，花也就开败了

我喜欢这样的时光

累了，找一把摇椅，躺下来
最好窗帘上留一道缝隙
让少量的光洒进来
泡一杯茶，放在旁边就好
看看书，逗逗猫，春天来时
空气中飘满了茶香
我喜欢这样的时光，想想都觉得幸福
嘈杂的环境里，或许不允许
有这样的梦想
你说这是堕落，没有工业哪有文明
我抗议，你便打上了无效的戳
还好很早以前，我就明白
世上没有一块土地，能够保持纯粹
就像美人，一生只活在书中

我所不能接触的事物

雾升腾起来了，水涌上来了
风也从一棵树上跑来
一切都不安静了
这个季节，水还漫不过脚面
我所不能接触的事物
多么像一棵鹭草，狠狠抓住根部
也怕被一阵尖利的鸣叫唤走

告别青春

回不去了，远了
一切都
将在一场风里失散

那些曾经
爱过也恨过的人
愿你一生幸福

孤独的火车头
注定要承受分别的折磨
谎言蔓延，切不可辜负青春

随 感

失眠，让人难受
让我痛不欲生的
其实是生活的另一种形式
我需要辗转反侧，需要拿出诗集
用那些温暖的诗句
抵抗黑夜，成为夜的分子
同它消亡，或者握手言和

曲终人散

多少年后，我们还能像现在这样
即使在酒吧里，也能平静地坐下来
熟悉的单曲，循环着
酒量还可以，小杯不过瘾就换作大杯
三杯过后，夜色便暗淡了下来
离开熟悉的地方太久，心病也加重了
空酒瓶子堆满了角落
像我们曾经失去的青春

以梦为马，写下许多无用之诗
以诗之名，爱过又能怎样？誓言再美
也有曲终人散时，秋天高远而辽阔

重庆偏南
——致杨秋平先生

你说，你们来了我就高兴
一杯烈酒饮下，夜色又温暖了一点
这年月，流泪的人越来越少
今夜，你我碰杯拥抱
总让我想起电影里失散多年的兄弟

人，活着就意味着死亡
在人世，高兴的日子并不多
每次见到我们，总是先把自己灌进酒杯里
流泪很久，你高兴，不说我们也懂

再过几年，我们都有了孩子
不会再像他的父亲一样，怕你严肃认真的样子
你会不会想起这些年的往事？独自
饮下这杯烈酒，引出
你我之间，滚烫的江河

一场雨中的叙述

人，很难对一件事保持热情

在时间的狭缝里
铁也能变成土
不必责怪花期太短，短暂的美
也是美的一部分
短暂的爱，却是彻底的分离

城市是一个火柴盒

一个农村少年，突然住进城市
有点小激动，也有些不习惯
不能走出门就脱下裤子撒尿
不能抬头就能感知到细雨声
夜晚看不到星星，看不到月亮
看不到饭后拿着扇子休憩的人
看不到少年围在一起
听老人讲村里传说的场面

城市是一个火柴盒，我们都是火柴棒
既要忍受压缩的痛苦
又要忍受燃烧的焦虑

归来者说

一

踏过南方寂静的小路
悲伤藏匿在雨后的云层里
说好的，不会再回去了
走了这么远，真的很不容易

二

南方有南方的委屈
北方有北方的无奈
就像我一样，不断地穿梭在他们之间
一不小心，我偏离了他们的轨迹
又要回到那个最初的地方了

三

铁轨纵横交错，它们像两只乌龟的脚
沉默不语，紧紧地贴着大地
仿佛一不小心，大地就会裂开
喷涌出咯血的沉淀物，把不同的脚
分解，掩埋

四

落日像一只氢气球
离别了母亲的怀抱，在那片高远的天空
缓缓地藏进山的那边

有人坐在铁轨边，收割着自然的决绝
黑暗不止一次沿着铁轨袭来

五
天黑了，透过玻璃
那是一片漆黑绝望的海
我看到无形的巨大的手掌向我伸来
它想把我带走，让我一个人
走失在这个夜里，无人惦记

六
我们的世界真的好小
当火车停下来，就有人会消失
也会有新生的面孔
我们都清晰地看到，刚刚那个眉目清秀的男子下车了
而流浪的老人，像掉到地上的头屑

七
喝一口水吧，把白天说的污秽语言
随水的流速带进胃里去
让它们今夜就住到胃里
好好在肚子里反省反省
天亮的时候，聪明的就随着尿液去见大海
肮脏的就成为粪土

八
对面的女孩很体面，像一只乖顺的羔羊
躺在她另一半的草原上，梦想着白云

我为了让她避免成为植入广告
我想了很多优美的词语、技巧、修辞
她本就是一只温顺的羔羊，怎么漂染她的毛发
她都是那么温顺地躺在草原上

九
火车从南方开到了北方
从手心开到了手指上
大滴大滴的血液，渗入思想的卵巢
在那里，似乎要有一个新生婴儿诞生

十
天亮了，这个世界和那个世界是一模一样的
太阳升起来的时候，我们都说新的一天到了
我做了一晚上的梦，梦醒时分
人走了一大半，茶凉在了昨夜的三更

这座城市的黄昏

一年以后，我就要沿着这条铁轨去漂泊了
寒冷的车站，人们焦虑的表情
也有煽情的，泪如雨下

这座城市的黄昏
或许是我唯一眷顾的
停不下的脚步，留不住那年黄昏里浮现的人
唯一一个破密码箱都掉进泥坑了
我看都不愿意看多一眼，继续走向铁轨
因为有些东西带不走，所以我们狠心放弃

多余的悲伤

这个夏天，南方的泥土
隐藏着湿润、燃烧
我一个北方人，一个局外人，出局
是情理之中的事，用不着悲伤

天亮了，时间就会让我们把彼此抛弃
就像我们每一次的漂泊
都是为了抛弃那些火车
看着它们流泪、温暖、冷漠
最后在我们的想象中被人遗忘

最终，还是火车抛弃了我
把我抛向了大片大片的麦田里
这个夏天有了多余的悲伤

一个人的黄昏

一场雨后，城市的上空豁然开朗
阳光擦洗我的心境
那么多街道迅速向我靠拢
我展开双臂，向黄昏奔跑而去

我举起一粒破裂的沙子
向高高的楼宇间扔去
高处不胜寒，低处不见底

如果身体里长出一对宽大的翅膀
那该多好
时间告诉我，天黑了
一个人，记得早点回家

老 街

阳光很少照得到的地方
落日也只能搭在对面的墙上
这是怎样的一条街
泥泞满地，小商贩的吆喝声不断
青石板上的字迹也渐渐退却

老人拿着拍子追赶苍蝇
一条鱼儿跪在刀面前
似乎在吟诵：人为刀俎，我为鱼肉

搬家记

地图上，从重庆搬到西安
从西安搬到陇南，几厘米的距离
用了四年时间

具体位置上，从冉家坝到南关新村
从南关新村到玉祥门
从玉祥门到旧城山
从旧城山到有了自己的新家
也用了四年时间

经历了生活的漂泊之痛
经历了借钱赚钱还钱
再借钱，还人情欠人情还人情
搬家的过程中，丢掉锅碗瓢盆
廉价的被子床单，以及抹布般的日子
也丢掉了再也遇不到的青春和爱情

酒后的另一种样子

我不喜欢喝酒，尤其是白酒
辣，这种滋味不好受
不知从什么时候起，遇到酒场
就习惯性地举起杯子

朋友说，有酒肚子了，说明混得好
转而回忆起了最初的见面
他说我最怕辣，即使见到最要好的朋友
最多也只饮一杯

这些年，生活在这座小城，混得也不好
曾去过一次南方
见过厦门的海水，尝过海鲜
还是觉得这里适合自己
我也只能在这么狭隘的空间里
常常饮下烈酒
写下一首首无用之诗
告诉你，我的朋友
理想那么辽阔，我从未抵达过

一场雨的分离

一个人在大雨中奔跑
那已是很多年前的事情了
如今在大雨中奔跑
更多的是对命运的抵抗

雨水带走了这座城市的夏天
强劲的秋风，把无数点雨水送向我
来往的车辆，相互按着喇叭
这座城市变得更加浮躁起来

在这场雨中，有戴着安全帽
从工地归来的中年男人
也有公交车站等待车辆的上班族
还有一个女人，踩着装满废品的三轮车
与我并行在雨中，头顶的塑料纸
早已被雨水打碎
但那种无所畏惧的力量，让人心疼

这场雨之前，我的女儿刚在医院过完满月
我忘记了给她准备礼物
所以这场雨，带给我负面情绪更重一些
一想到我已是一个孩子的父亲
使尽全身力量，要把这场雨跟生活进行分离

雨来了，我的悲伤也来了

雨说来就来了，要是打一个招呼
嗨！老朋友，好久不见
你说那该多好。我就不会想起往事
想起这些年的艰难，我也不至于
像雨水一样充满悲伤

我知道，有人的地方就有江湖
大家都在比拼煎熬时间
这也能理解，不喜欢的人那么多
大多数还不是结为了夫妻

只是，我想我应该站立得更高一些
我就能感受到风中的力度
刺骨、决绝、痛快
那才是我该奋斗的位置
雨来了，我也不会感到悲伤
人的江湖，我会学着用文字去煮

辑五
—— 乡愁的回音

清 晨

掀开窗帘，闭上眼睛，就能拥抱
满山的野花和林间的鸟鸣
不时会有风吹来，窗帘左右摇摆
房檐下成排的灌木，叶子拍打着叶子
流水从我身体里穿过
我却丝毫感受不到时光的仓促

这么多年了，出走他乡
理想、迷惘、名利、债务、谎言、无业游民
这些充满力量和腐朽的词语
一直将我围猎，输得遍体鳞伤

我深知故乡从未走远
想起二十岁的时候，喝点小酒
坐在老家瓦房顶上
不开心的事
像一场又一场雨水
落得满院子奔跑

雪 山

那么近，那么突然
出现在眼前
一个三十岁的人
竟然感动得落泪了
那一刻，我深信雪山是有神性的
就像曾经
对一个姑娘的爱情
深信不疑

碧口古镇

清晨醒来， 踏着石阶穿过小镇
巷子里黄包车突突突地响着
燕子从农家屋舍飞起，空中传来
你从南方寄来的信件
字里行间，都在说故乡好远

这些年，去了很多地方
爱过一些人，也伤害过一些人
很多故事，跟诗一样美
但还是没有一个比故乡更亲切

这些年，记忆开始变瘦
故乡也跟着变瘦
瘦到再也看不清我的童年
我小时仇恨的鸽子，它飞回来了
落在了乡音里，像我眷恋的兄弟

陇南的春天

陇南的春天，没有靠南
疾风带着细雨，浓雾压低群山
路上行人打着伞，小孩在雨中奔跑
冬天残留的情绪，多么像去年我给你写的诗
一句挨着一句，都在说冷

陇南的春天，也有温柔的部分
比如，迎春花凋谢
油菜花接着大朵大朵地盛开
马路两边的艾蒿露出尖尖的脑袋

春天走在了时间的前面
农人赶出羊群，赶出群山之中的寂寥
失语者跑向春天，扛起锄头
种下声音，种下孤独而漫长的一生

再回王家山

十多年后，车过山路
再也遇不到
那个穿破布鞋的小孩了
梅刺再也不会扎他的脚丫了
却每一根都扎在我的心上

还是那片热土，既陌生又熟悉
牧羊人金平也老了
他站在阳光下
双臂抱着干瘪的身子
接过我递上的烟
漏风的牙齿，已经关不住
数千只羊的魂灵

我多想牵着一根路边的野棉花
向他诉说
这些年，远走他乡
不是为了成为一个异乡人
而是为了今天
完成一首
让我们满含泪水的诗

喊疼故乡

见到姨父的时候，他已走出人群
站在马路边向我招手，肩上的编织袋
随着手势，左右摇摆
天色渐渐暗淡了下来

姨父不识字，一生只认得家的方向
就像高家坝的走势
山背着山，地叠着地
老黄牛站在村口
一声吼叫，就可以喊疼一面山坡

高家坝人都可以喊疼故乡
姨父也不例外
但他大半辈子都没有喊出来
小姨想喊，每次一出声
眼泪就溢了出来

深秋的天池

当深秋的一枚枚叶子
逐渐泛黄
天池最美的时候就来了

满山奔跑的风
也喜欢这个季节的水
寂静的湖面上，只有风的热闹
一波追着一波
却又不知何处是岸

这多么像现在的我们
小心翼翼，如一根灯芯

在天池合影

我们站在水边
站在一生再也遇不到的位置
就像摄影师调整灯光一样
各自调整着姿势，有人屏住呼吸
生怕成为褶皱的部分

也有人活着就像一颗尘埃
懒散惯了
就喜欢有点脾气的自己

路过天池的风
还是把我们收拢了一把

收集露水的人

露水很干净，跟吉石坝这个名字没有关系
在吉石坝，露水从来都是干净的
我说过，吉石坝是被手掌挤压出来的
这手掌就是这两座大山
一直压着吉石坝
这手掌也压着吉石坝里住着的人
比如我，一个永远在路上替我的身份还债的人
雨水下来的时候，吉石坝是干净的
吉石坝里住着的人也是干净的
比如我，一个热爱生活也爱收集露水的人

鹅嫚沟的另一条沟

那是一条什么样的沟
让我两次涉足
都以失败而归

那是一条没有尽头的沟
一条幽深
布满阳光和清风的沟

流水不守规矩
像洒在陡峭上的鸟鸣
向经过它的人们阐述自由
也有一些被驯服
粉身碎骨，击打石头

在鹅嫚沟

我们一见面就老了
握手的力量
有了分寸
拥抱也不会再轻拍背部
或高声嘘寒问暖
或沉默点头

谈黄昏也带着疲惫感
谈紧迫的日子
像被一根绳紧紧拴住

唯有饮下这杯烈酒
借着清风
在鹅嫚沟
重温相逢的意义

天池

——致旭东、东东、亮子

以诗歌的名义，再次来到天池
想起那年，我们站在天池的边上
细数树叶和光阴

亮子说，这世间唯有诗和酒
让他活得高兴
有亮子的场合，酒就是诗
三杯两盏下肚，我们彻夜聊诗与远方
聊难以启齿的身份

如今站在天池边上，想起往事
我竟然成了一个孤独的人
多么希望
这些年，路上慢慢走丢的一些人
能重新站在我身后
细数这不完整的理想和生活

写在天池
——致王晓楠

把长安聚拢的情谊
藏在内心的隐秘之中
为了活着
我们必须接受嘲讽和质疑
接受化干戈为玉帛

见到彼此，好似昨天
大醉之后，刚刚见面

被命运掏空的身体
再也找不到疲惫之感
那些稚嫩而充满力量的年轻人
他们又回来了

还是那个相识的季节，稍晚一些
就像酒精，也需要时间蒸发
你还是那样的简单粗暴
用一箱封闭的酒瓶
把长安封存的友谊带到了陇南
不像我
见到你差点把眼泪
洒在了酒杯里

我们站在天池边上
身后的秋叶陆续落在水上
路过天池的风
又把它们吹散了
我们不必为此心生悲凉
无论这叶子漂向哪个方向
终归在这寂静的水上
相逢

旧城山的秋天

秋天近了，南关新村的夏天也快过去了
离开西安快两年了，回到故乡
回到旧城山的陋室，我依然是一个
没有找到故乡的人

两年前，爱人穿梭在南关新村的巷子里
计算光阴和蔬菜
计算距幸福的日子还有多远

两年后，我们离开了一个南关新村
又进了另一个南关新村
我们紧紧相依，坚守领土，抵御不同的热浪
幸福就像满院子的水声
离我们那么近，又那么远

裕河思绪

当云雾绕满山野
百鸟藏于山水之间
露珠无疑
再次和小草站在一起
如果抵挡不住风
他们再相爱
也要永别

我何尝不是一株小草
生活是一滴露珠
我拼尽全力
也只是为了多挽留一会露珠
给这个不完美的世界
呈现片刻的纯真和美好

我是一株长在山梁上
独立迎风的小草
这些年，经过我的都成了背影
疲惫和乏力
让我们在他乡遇见
只能轻声细语地问候

裕 河

清晨起来，成捆的云朵压在小镇上空
青石板上，昨夜的暴风雨像是一场梦
裕河的雨是干净的
裕河的空气是干净的
所以在裕河，做个残缺的梦
也是干净的

在马营，遇到一群羊

把雾收拢一下，留个口子
让风进去
风不宜太大，刚好能拨动羊毛
成群的羊
沿着草坡，低头啃草
风和雾
掩盖不了它们的身份
不远处，也有牛，三五头成一排
前后有序地走着
不一会儿便翻过了山湾
像有预谋地完成了一次迁徙
有人拿出相机，抓拍羊群
也有小孩
跑向羊群
收集羊毛上的雨水
羊群像受到了惊吓，四散而去
更加安静了
一颗孤悬的心
也被羊群带向了远方

宁强村速写

沿着石阶而上的青石板，可以走遍村庄
这些板块是村庄的脊梁。悠闲的鸡群
时常踱着懒散的步子在上面行走
几只坐在石板上，眯着眼睛

不远处，绵延的群山上，雀鸟唱着歌
女人家从腰间抽出镰刀
满山遍野
收割春天的雨水

一头走远的小牛使劲呼唤
母牛听到后，挣脱开犁头
绕着山坡嚎叫奔跑
母牛重新被犁夹了回来，女人的骂声没有停止
男人奋力鞭策牛背，牛背上的春天
缓缓凹了下去
地面也跟着牛蹄凹陷
农人的山歌，重新回响山湾

旧城山听雨

拿把摇椅，放在屋檐下
把疲惫的身体放上去
这年代，读诗无疑是一件奢侈的事
要像花朵一样，不怕痛苦
拼命挤出眼泪，也要让自己感动

住在旧城山，一晃两年过去了
平静的日子，缝缝补补
就像这把雨水，来势温柔
经不起风吹

宁强村的清晨

一觉醒来，三两鸡鸣之声，窗外传来
好多年没有听到过了，天还未亮
我写下这个标题
以这样的方式寻找故乡的童年

为了更好地活着，我们都甘当
背叛故土的人
很小的时候，我就知道
父母每次离开，都是在鸡鸣之时
只是这一次我们离家太久了

鸡鸣二次过后，离天亮也就不远了
等到第三次的时候，一个孤独的身影
定会站在村口的树梢，撕裂地呼喊
像我的母亲，每喊一声，我都感觉很疼

再到成州

再次到成州，而立之年
成州比那年，显得更暖和一些
住宿的酒店还在十字街，门前卖红薯的
中年男人换成了一个女人
或许这是他的亲人，一个可怜的人
在十月的寒风中向路人兜售春天

曾经彻夜谈诗喝酒的朋友，还在这座城市
找个理由，约大家一起坐下来
还是那个茶楼
靠窗的位置，还是成州的酒
谈聂鲁达、辛波斯卡、雷平阳的《杀狗的过程》
谈意象和语感，谈想象力对诗歌的重要性
谈学院派、乡土诗、民间立场，谈某个诗人的桃色新闻
谈还未泯灭的梦想与远方
他们之中，有人为了活着，精疲力竭
有人谈起诗歌已成伤心事

把自己灌酒，把那年被风吹散的往事
用两点干净的酒封存

回文县

带着某种期许，翻越高楼山
回到文县，回到青春年少的时光里
从前的水塘和稻田消失了
一座座大厦在夜色中挺立

我知道，曾经这里有很多怀旧的人
但也要适应，这座城市的变化
就像一些故事，悲伤或美丽
最终还是被流水带走了

老城区的街道，依然拥挤
江南街还是老样子，小吃的味道却变了
在江南街，曾经有那么多人
可以通宵打游戏，可以一醉方休，如今
只能感到一种莫名的悲伤和孤独气息
向一个人扑面而来

天鹅湖

五年的时光瘦了下去
天鹅湖畔，草木欣欣向荣
想起曾经来这里写诗的一群青年
想起他们
在最美好的年华里，遇见
这迷人的湖光山色
激动不已
想起他们站在天鹅湖畔
用充满温度的诗句
表达
对理想的憧憬和生活的热爱
我落泪了
我承认，我对天鹅湖的抒情
依旧来自
落日的温和
山谷的宁静
如果俗世的眼光和语言允许
我愿驾着一叶轻舟
做一介渔夫，用一生的光阴
细数天鹅湖上
晚风推起的涟漪

固 城

青山为证，羊群是固城的背影
风吹来，鸟儿从一棵树上远走他乡
羊群聚在山梁上，占山为王的日子已不多

大槐树下，远道而来的游人
靠近羊群，收揽远古的影子

菜籽熟了，秋天也熟了
农人甩一把汗水，羊群已跑向远方

稻草人沉默不语，一个陌生人
站在固城的山梁上
愿你穿过复杂的时光隧道
接住一片秋天的叶子，包容万物之心

乡间絮语

以故土的名义，寻找亲人
又以同样的方式告别
我们真的走远了吗？乡间的小路上
泥土拥挤，石子发着诱人的光
山湾里的油菜花快开了
站在村口，你从陈旧的唢呐里
吹出薄薄的乡音
我便从你掌纹的脉络里
重温故乡的鸟鸣

在故乡听雨

早晨醒来，就听到窗外的雨声
不用怀疑，在故乡，凭着直觉
就能找到童年的温床

我想起了博尔赫斯
这个诗句冷峻秀美的诗人
他说：谁听见雨落下，谁就回想起
那个时候，幸福的命运向他呈现了
一朵叫玫瑰的花

这些年，一直漂泊在路上
听雨无疑是一件奢侈的事
在故乡，不用担心粮食和蔬菜
偷月光的人，常常在深夜出现
时间在雨声里，你能感受到它的短暂
一张玻璃，隔着我和雨
世界从未有那么静，也很脆弱
一声狗叫，秩序就能破裂

暮色下的东江

手心朝下，举至眉间，一巴掌
的位置，就是暮色下的东江
我喜欢用这样的方式，去衡量生活的尺寸
其他的方式，会让我感到无力
你不必为此感到失落，生活在小城
也能悟出生存的哲学

位置不同，必然产生高低贫贱之分
暮色下的东江，流动着隐秘的事物
失落者，就像活在一个兽笼子里，野性消退

行走在这苍茫的暮色下
听一首老歌，走向远去的零散的灯火中

去年的秋天，没有这么冷
被生活折磨过后，越来越爱惜羽毛
路上每遇到一个人
都想喊一声：朋友，你还好吗

评论：

归去来兮
——顾彼曦诗歌浅论

李春风

　　顾彼曦近年创作了五十余首诗歌。尽管这些诗歌中的一部分我之前就已读过，但这次系统阅读，对我来说，却是一次全新的认知之旅——我沉浸在其诗歌的悠远之境与深沉之情中。

　　顾彼曦的诗歌涉及青春、爱情和悠远的乡愁，能够清晰地看到一个诗人成长的脉络。这些诗歌，一路伴随顾彼曦的求学、谋生，辗转外地而来，尤其是一组写老家亲友的诗，以明朗而清晰的铺排和勾勒，写下了生命的不能承受之重。那个自大学校园就备受人们关注的诗人，早已将写诗当成了生存和生活之路上不可摒弃的唯一行李。或者，正因为存在，以及存在的疼痛，这些诗歌表现一种底层生活的绵柔之力，彰显的是生命的隐忍，是一个陇南文县山中走来，又跌入西安大都市中的迷惘青年的挣扎。他转而又回归陇南，他的诗歌是在归去来中，远远地回顾儿时的乡愁，并试图找到父辈们生存的根本性困境。陇南的山地与山民，是他一生取之不尽的富矿。这或许是顾彼曦诗歌最动人之处，也是顾彼曦之所以能够不断地挖掘、不断地书写底层小人物的原因之所在。或许，这也将会成为他诗歌永恒的精神地理。

一、必有人重写爱情

我们可以从顾彼曦离开校园，进入西安都市谋生，来介入他诗歌的时间序列。这期间，他写下了大量的诗歌，呈现着"青春的感伤""爱情的苦痛""生活的逼仄"。"和你在一起的日子里／我们学会了流浪，忍受悲伤与眼泪／掏空别人种在耳勺里新的声音"（《南关新村的秋天每年都来得很迟》）。他笔下的爱情，总是伴随着两个人的流浪、迁徙：诗人试图通过个人的努力在城市当中扎根并找到属于自己的话语权，或者至少是能够解决精神与物质生活的悖论。可我们依然有这样的疑问，在这个时代，爱情附着于强大的物质基础，能否经得住颠沛流离？而在他的诗歌中更多的是一个人对另一个人的歉疚。在经历过白天的奔波之后，这无疑是年轻一代于暗夜中的隐痛。无数的离别，无数的分分合合，数不清的辩解与和解，几乎成为这个年代新的"西安爱情故事"。"我们曾在城中村，怕夏天也怕冬天／怕没钱的日子，也怕路人鄙视的眼神／像耗子一样，东躲西藏"（《致妻子》）这一新的爱情故事，在诗歌中充满了异乡人的漂泊感；"我们有过懊悔，目睹过／人在面对死亡的时候，痛苦的表情／自从有了家和孩子／更害怕自己不小心成为那个不幸的人"（《致妻子》），因为漂泊而显得孤独。对自己命运的无可把握，甚至青春的消逝，苦难和死亡的近在咫尺，都逼视着他们的生活。

这是一个快速发展的时代。正如前文所言，爱情究竟能否经得住颠沛流离？我们甚至怀疑，是否还有"爱情"的存在。这是复杂的时代，"电信语言几乎取代了书信，甚至今后'情书'也将在劫难逃"（沐之《心智澄明的诗人》，载《诗刊》2006 年 2 月下半月刊），沐之如是说。而今，十多年过去了，我们已经可以堂而皇之地下结论，"情书"已然不复存在。短信息和短视频的狂轰滥炸，对爱情的张望似乎注定要成为木心"那时慢"式的喟叹。难能可贵的是，这个时代还有诗人们在不断地书写着爱情，书写着可贵的坚守。就像顾彼曦，他的爱情诗是真实的、纯净的，饱含着一种赤忱和隐忍。

> 我们坐下来，关掉所有的灯
> 让烛光亮着，一首老歌循环播放
> 不许聊时间
> 不许怀旧，孩子在怀里睡着
> 装作这些事物
> 都与我们无关
>
> 不许怀疑生活，不许谈起
> 曾经看过的朔方的雪、南方的雨
> 更不许怀疑选择的爱情
>
> ——《不许》

读这首诗让人疼痛，这种复杂的沉默是他们选择的对生活最强硬的对抗，小心翼翼却倍含深情。一如中年的爱情，像堆雪人，消融一点，再堆一点。也许彼时的诗人，已经经历了生活的种种磨砺，曾经看到过的"朔方的雪、南方的雨"成为了浪漫的时光烙印。

张清华说："青春写作的资源总是有限的,个体经验当然会是终生的一种支撑,但它们又经常需要某种发酵、胀破、溢出,这种变化和生成通常要靠与前代诗人的对话来激发,这样的写作也更丰富一些。"(《新时代与90后诗歌》)尽管如此,我们依然相信青春经验有其存在的必要性,因为青春经验展现的是迷惘中不顾一切的真挚,是残破中仗剑天涯的豪情。

无论如何,顾彼曦笔下的爱情是在写个人,但毫无疑问也是在写时代。他以一个匍匐于大地的劳动者的身份,写下了生活的不易与爱情的坚贞。当我们放眼世界,每天都在上演着物欲的横流与狗血的剧情时,顾彼曦的诗歌,似乎打开了一条光明的缝隙,这让我们一度又重新燃起爱情的信仰。这或许正是北岛"必有人重写爱情"的精神指向。

二、乡土亲情的又一次凝望

以写实来写存在,将诗歌之技法居于其次,仿佛人物传记的史家笔法,又似乎是最不讨巧的一种诗写。在《诀别书》中顾彼曦这样写道:"药物养育着你最后的呼吸",药物成了一个人残喘呼吸的唯一凭依,诗句中渗透着对生命的关照。著名批评家陈超先生在《当代经验的深入开展》一文中提到当代诗人的困境时说,"其中最为显豁的困境是:如何在自觉于诗歌的本体依据、保持个人乌托邦自由幻想的同时,完成诗歌对当代题材的处理,对当代噬心主题的介入和揭示,让当代经验在

诗中深入展开。"（陈超《游荡者说》山东文艺出版社
2007年12月第一版）。无论顾彼曦是否意识到这样的
创作困境，但他却在极力地朝着解决困境的方向而去。
他持续着力于存在，并展现"真实的存在"。

　　正是基于这种追求，顾彼曦写下了一类诸如《深夜
与岳父喝酒》《写给小姨》《母亲的心愿》《写给父亲》
等堪称优秀的诗篇。顾彼曦围绕人物生存的情境，诗写
个人的命运起伏与沉落，呈现出个体生命如何被大时代
背景所隐没的过程，看似写亲人，但他阐发的却不是个
人的一己私情。他是在书写一种普遍的悲悯：从亲人的
生平、喜怒哀乐中体悟人世的苍凉、无奈、苦难与救赎，
表现的是一种浓烈的，深沉而复杂的情感。在顾彼曦近
些年创作的诗歌中，这一类诗歌无疑是最有分量的。在
诗歌《怀念一位朋友》中，他这样写道："时间把他的
灵魂赶往秋天的麦场／腐烂的麦子已毫无生命气息，如
同他的死亡"。大地作为生命空旷、辽阔的背景，给死
亡赋予了一种肃穆庄严的迟暮感，如同一个朋友的离开，
仿佛在赶赴着什么。"腐烂的麦子已毫无生命气息"，
既是诗歌的着眼点，也是诗歌落脚处，如同某种象征，
衬托着一个工伤中死去的朋友的苦难。诗人正是选择了
这种及物的贴着人物命运的诗写，写下了现实的残酷。
在另外一首诗歌《哑巴新娘》中，他写下了一个哑巴牧
羊女小半生都在沉默中度过，却突然要嫁作人妻时，"小
半生都在沉默中度过，或许／只有羊懂她"，诗人在一
点点把这种苦敲进了命运的泥土里。而当她要出嫁时，
"她像所有正常待嫁的女子一样／哭了一晚上"。至此，
诗意便婉转地生发，而留给读者空白与惆怅，就像这一

个晚上，女子究竟因何而哭，我们不得而知。迎接她的可能是一个她从未有勇气面对的世界。这种"悲剧性"的书写，是诗人对生存表象的抽象化思考之后的表达。"他们凭借自己禀性的深刻与颖慧，把民族社会生活环境造成的矛盾提到具有重大意义的高度。在艺术作品中，现实中存在的这些可能性获得了更高程度的积极和完美的表现。"（波斯彼洛夫《文学原理》，"现代外国文艺理论译丛"，1985年8月第一版）。我相信，诗人在创作的时候，更多依赖于直觉与忽显的第六感觉，意义黏着于这些意象之上，诗歌才具备了无尽阐释的品质。

顾彼曦说，热爱诗歌，"跟文学这个被无数人认为是小众的无用的东西，产生千丝万缕的关系，仅仅是因为生活的贫穷，当然还有精神世界的贫瘠。"（《诗歌让我对这个世界始终保持着热爱》）。诗人以真诚之心，驱动了诗歌的羽翼，去写这个尽管贫穷，却依然被我们所深爱的土地，去写这片大地上普通小人物的命运，并试图为他们立传，让诗歌讲述一代人的生存痕迹。

人物系列是顾彼曦重要的诗作代表，而不得不提的是那首感人肺腑的《悼念三叔父》。全诗从叔父的去世写起，"听说你走了，走了好啊／活在这人间，疾病带来的疼痛／想想都让人难过，作为人父／村里人对你评价很高，我多想敬你一杯酒／现在却只能敬到火堆里"，在绵长的抒情与叙事的交融中展开三叔父一生，"活着的时候，你像一个失去权利的人／死亡对你来说多么公平仁慈啊／你终于可以为自己做一次主了。"整首诗追忆三叔父的一生，留恋、悔恨，饱含深情，读之令人动容，泪角渐湿。这首诗以饱满的真情，让顾彼曦的诗歌创作陡然上升了一个台阶。阿来认为，"小说的深度不是思想的深度，而是情感。"我以为，诗歌的深度也是如此。诗歌依然需要在真情上下功夫。那些炫技的表达，显现的可能是年轻人初入文坛的暂露才华。可不得不承认，让作家诗人最终能够走得更远的，无疑是作品的真情。

三、对叙事的信任

　　诚如前文所述，顾彼曦在涉及"爱情主题"与人物速写系列时，采用的手法以抒情和叙事为主。他的抒情是一咏三叹、真情流露的告白或者内心独白，而他的叙事手法则更为独特。这里单独来论。诗歌《深夜与岳父喝酒》，顾彼曦彻底地放弃了严格意义上的抒情，而直接以叙事来展开，并以岳父看望我们，我们一起饮酒，开始聊天来深入人物的内心，缓慢地写下岳父为生活奔波的心态。顾彼曦的这种叙事方式，仿佛是对雷平阳诗歌《存文学讲的故事》的一次回瞻，娓娓道来，细细品味。信任词语的力量和存在的所指，着眼于心理世界的外显性刻画，足见诗人的耐心和艺术造诣。

　　在题材选择上，顾彼曦在行走中写下"生存之难"与"青春之痛"，并选择了众多人物来深写"亲情"：前者或是为了"缓解疼痛"（顾彼曦创作谈《诗歌是缓解疼痛的良药》）；而后者则是他诗歌诗意向纵深开掘，彰显个人表现力的自主选择。除此之外，他的诗歌多有聚焦陇南山水，书写固城、碧口古镇，乃至渭河等山川地域的深情之作——"故乡也跟着变瘦"（《碧口古镇》）——或是与友人来往相互呼应的赠别之诗。但这些诗歌都可以很轻盈地落在诗人的"乡愁"之上。正如波斯彼洛夫所言："他们在自身寻觅和培养对朴素自然生活的愿望，并以这些愿望同文明社会的相互关系造成的、同时也存在于他们身上的东西相对立。对被这样认识和评价的社会性格进行典型化，就能创作出具有感伤性激情的文学作品。"（波斯彼洛夫《文学原理》，1985 年 8 月第一版）。诗人身处甘肃，生活在长江流域。浓密的山林和清澈的河流，塑造了多情的陇南诗人。这就比其他甘肃诗人，多了几分温婉和忧愁。

　　如果要为顾彼曦的诗歌创作做一个整体性的评价，我更愿意选择这首《远寄》加以说明：

　　不曾见过一朵花的怒放

　　不曾恨过北上的人

　　你也不曾见过完整的我

　　我曾用心爱过你

　　那是饥饿的年代

　　贫寒迫使我对你倍加亲切

　　多少年了，我再也没有静心坐下来

　　想想曾与你促膝交谈的日子

　　那么幸福

　　糟糕的生活，让人时常感知

　　生命的力量

　　总是一种错觉

　　沉重的压抑感

　　我亦学会隐忍，也不再与人谈

　　那些风轻云淡的日子

这首诗囊括了诗人的青春心境，以及对生活和命运的幽深窥探。诗人很想让自己洒脱一些，放开一些，可是回望过去，命运的大手扼住嘶哑的喉咙。他"爱过你"，爱过的并非某一个人，他爱过的是饥饿的年代，贫穷的故乡，隐忍的亲人，还有柴米油盐的日常。一头是霓虹飞溅的都市，一头是回不去的农村故乡；一头是梦想，一头是惨痛逼仄的现实。

只能这样了。爱诗歌，可能是一个人内心的所有，也可能是最后的归宿。这些年，顾彼曦辗转各地，面对亲人的离世，青春年华的逝去和年龄的与日俱增，云无心以出岫，鸟倦飞而知还。流连忘返之后，是肉身的归去来，而行吟中的诗歌，也同时是诗人精神的"归去来兮"。

2023 年 1 月 10 日

李春风，生于 1986 年，甘肃西和人，中国作家协会会员。作品散见《湖南文学》《中国校园文学》《都市》《飞天》《延河》《石油文学》《星星》《北方作家》《作家天地》等。曾获《延河》"最受读者欢迎奖"等奖项；小说入围《收获》"无界·双盲"大赛；长篇小说《影子恋人》入选花城"大悬念"书系，并由花城出版社出版发行；长篇小说《蒹葭苍苍》被誉为反映"西汉水流域百年变迁的寻根之书"，并获得由爱奇艺和浙江文艺出版社联合举办的两岸青年网络文学大赛"最佳文笔奖"；出版小说集《影子恋人》、随笔集《唯有平静来之不易》；2022 年参加《中国校园文学》第二届全国教师文学笔会。

后记：

诗歌让我对这个世界始终保持着热爱

一

诗歌让我对这个世界始终保持着热爱。当我写下这样的一句话的时候，我承认我的内心是平静而幸福的。

我写作时间比较早，接触诗歌的年龄也很小，我在多个公开场合不止一次说过，跟文学这个被无数人认为是小众的无用的东西，产生千丝万缕的关系，仅仅是因为生活的贫穷，当然还有精神世界的贫瘠。

我出生在甘肃陇南的农村。这片美丽而充满希望的热土，充满了诗的气息。几千年前，诗仙李白路过陇南的时候留下了"青泥何盘盘，百步九折萦岩峦"的诗句。杜甫寓居徽县栗亭，写下"始知五岳外，别有他山尊"。我很庆幸这一生能在这里生活。比起南方以南，我们这里太落后了，但是我们热爱故土的心情是一样的，尤其是作为一个诗人。

记得很小的时候，常去外公家。外公家有一院子房屋，类似于四合院，只有一面没有建房，围着一面墙。其中有一个偏房，靠近马路。但是马路上经常没有人走动，因为他们家房子坐落在村庄的最下面了。打开窗子向外看，两棵特别挺拔的白杨树就在眼前，伸手可摸；不远处就是山泉水沿着沟流淌着。关上窗子都能清晰地听见流水从石头上落下去的拍击声，还有午后风吹动白杨树叶子发出的沙沙声。到了夜间，星光洒下，虫鸣嘀叫，山中挖草药的人归来的脚步声，现在想来也那么惬意，那就是一首首美丽动人的诗篇。我想也是如此充满诗意的环境，在我的心灵深处埋下了诗的音符。

就是这样一间很小的房子里，藏着我童年的秘密，影响了我一生。是的，这个房间是我小舅的，他也一直热爱文学，尤其是诗歌，所以他的床头专门做了一个狭小的格子，里面放满了各种文学书籍。现在想来其实也不多，五六十本的样子，但在那个教科书都要相互借的年代，那是我见过的最多的藏书。

外公外婆是禁止我进入那个房间的，所以每次只能等到他们都出门去田里，我才敢偷偷溜进去。尽管有很多的字我不认识，但是不影响我对那个文字世界的着迷。为了能拿到一些书，我常常是将书藏在衣服里，不打招呼就跑回家了。这些书也让我在同龄人里面颇感自豪，到了上初中的时候，我的枕边必不可少的也是这些宝贝，睡觉前总是要翻阅几页才能睡着，这个习惯也一直保持至今。

人到三十，提起这些事情，总会显得有些矫情。可那个偏执的对美好事物充满热爱的少年，往往成就了今天的成熟的自己。所以每次去学校的书吧，管理员向我倾诉学生不按时归还的烦恼时，我总是会开导她说，如果发现学生没有及时还书，哪怕他偷书都请不要责怪，这个时代，有人偷书，那是一件多么可贵的事情，因为他偷的不是书，是对知识的渴望。管理员听到我这样的话，总是很茫然。说真的，我看到了曾经的自己。我当然不是鼓励学生偷书，因为我相信没有按时还书的孩子，他们的内心是善良的，只是因为在限制的时间内没有看完，想再保留那么一段时间。我也相信他一定会还回来。事实证明，那些孩子最后都把书还了回来。

扯了这么多话，好像跟主题跑偏了，就像我从小到大写作文一样，老师总是说写得神采飞扬，想象力丰富，天马行空，文字流云入水，但就是跑题了，所以每次都给不及格。今天也跑题了吗？我还是固执地认为没有，在这个物质丰富而人心浮躁的世界，文字让我们保持了最起码的抒情，让我们在自己的想象中构建了一个可以跟自己对话的世界，可以宽恕自己的愚昧无知，可以给予时间修正自己曾经的鲁莽狭隘。总之，诗歌会让我们用一种艺术形式重新界定生活，让我们变得更加善良正直，勇敢自信，热爱生活，热爱自己故土和亲人，热爱这并不完美的世界。

二

人过了三十，感觉瞬间就老了。最近几年，忙于生活，常常累到怀疑人生。从前总在想，等到女儿两岁就好了，就不用去哪里都抱着了，可真正到了上幼儿园的时候，她却还是喜欢让人抱。我们住的房子没有电梯，我们住在顶层，七层的楼梯每日上下几趟，还要抱着一个顽皮的小孩，对于常常坐电梯的人真不敢想象。为此，我懊恼极了。但是每次女儿都会撒娇地说，爸爸我走不动嘛！我就要爸爸抱抱嘛！听完孩子的苦苦哀求，心又软了下来，等到有天孩子自己想爬楼梯了，反而有些不适应。

回想起曾经年少时，一群人，在简陋的出租屋里，深夜饮酒，朗诵自己写的诗，个个把自己感动得一塌糊涂，那种纯真和美好再也不可遇见了。有时候，想多了，深夜失眠，特别难受，想了很多种方式让自己入眠，但都以失败告终。唯有书架上找来一本诗集，在沉静的夜里，一个失眠的人，读诗安慰另一个自己。是的，诗就像镇静剂，总是会让我安静下来，然后慢慢入眠。

诗歌曾经让我泪流满面，睡觉前必须读诗。这样一个好的习惯，让我引以为豪。不知道从什么时候起，睡觉前却变成了看微信工作群，看是否有工作安排，看是否有八卦消息。那个耗尽了青春养成的好习惯，什么时候丢了，自己也不清楚。

妻子说，文学，是你安身立命的东西，你很久都没有写东西了。我也很懊恼，生活让我面对文字时，总显得苍白无力。我的内心再也沉静不下来了。好在，这么多年过去了，我依然没有放弃最初的坚守，做着跟诗歌发生关系的事情。

在写作的过程中，我一直在想，如果有机会，一定要把这些年写过的诗，整理成册，以此来纪念和告别过去的自己。

我深信有一天我还能找回曾经的感觉，当键盘敲下每个字的时候，依然会感动得热泪盈眶，因为诗歌是缓解内心疼痛的药。我愿意这一生一直选用这颗药治疗。

2023 年 8 月

图书在版编目（CIP）数据

收集露水的人 / 顾彼曦著 . -- 北京 ： 国文出版社，
2024. -- ISBN 978-7-5125-1736-3

Ⅰ . Ⅰ227

中国国家版本馆 CIP 数据核字第 2024LB6698 号

收集露水的人

作　　者	顾彼曦	
责任编辑	戴　婕	
策　　划	凌　翔	
责任校对	陈一文	
装帧设计	唐明霞	
出版发行	国文出版社	
经　　销	全国新华书店	
印　　刷	三河市中晟雅豪印务有限公司	
开　　本	889 毫米 ×1194 毫米　　1/32	
	6.75 印张　　　　　135 千字	
版　　次	2025 年 2 月第 1 版	
	2025 年 2 月第 1 次印刷	
书　　号	ISBN 978-7-5125-1736-3	
定　　价	68.00 元	

国文出版社

北京市朝阳区东土城路乙 9 号　　邮编：100013

总编室：（010）64270995　　传真：（010）64270995

销售热线：（010）64271187

传真：（010）64271187-800

E-mail：icpc@95777.sina.net